为自己画个月亮

古保祥 ● 著

山东人民出版社·济南

国家一级出版社 全国百佳图书出版单位

图书在版编目(CIP)数据

为自己画个月亮 / 古保祥著. —济南：山东人
民出版社，2012. 8（2023. 4 重印）
（青春悦读·当代精美散文读本）
ISBN 978-7-209-06769-0

Ⅰ. ①为… Ⅱ. ①古… Ⅲ. ①散文集—中国—当代
Ⅳ. ①I267

中国版本图书馆 CIP 数据核字(2012)第 202792 号

责任编辑 ：杨云云
封面设计 ：红十月设计室

为自己画个月亮

古保祥　著

山东出版集团
山东人民出版社出版发行
社　　址：济南市舜耕路517号　邮编：250003
网　　址：http://www.sd – book.com.cn
市场部：(0531)82098027　82098028
新华书店经销
三河市华东印刷有限公司

规　　格　32 开(145mm × 210mm)
印　　张　9
字　　数　100 千字
版　　次　2012 年 9 月第 1 版
印　　次　2023 年 4 月第 2 次
ISBN 978-7-209-06769-0
定　　价　48.00元

如有质量问题，请与印刷厂调换。(010)57572860

目 录
Contents

目 录
Contents

目录
Contents

第一辑

为自己加加油

学会为自己加油，为自己的心灵设置一个永恒的加油站，可以休息，可以怅惘，可以是一个盛放心事的晾晒场，学会为自己加油的孩子才是生活中的强者，才是旅途中的智者。

没有道路通罗马

　　托德·库姆斯是纽约市中心小学的一名学生，按照他父母从小对他的掌控，他目前的专业功课放在绘画上。因为他出生于绘画世家，但他好像对父母的安排不是太感兴趣，往往超越父母的期望值去做一些投资方面的工作。

　　在学校里，他偷偷地做投资贷款，这在学生中尚属首次，他暗箱操作着一家小型的投资公司，专业地收取学生们的贷款费用，这一度让校长十分无奈，他甚至几度让他的父母过来领他回家，但每次，他都会痛下决心地表达自己的意愿，说自己唯一的长处是绘画。

　　在绘画方面，他的确有天分，他的画作十分吸引人注意，并且一直是绘画老师眼中的天才，这一定是一位了不起的绘画大师。

　　但他前行的道路并非坦途，他的画作虽然在校园里引人注目，可就是无法吸引大师们的注意力，几次大奖都与他擦肩而过。

　　时间来到了他 25 岁那年，他在全美的一次绘画大赛中又一次败北，他一怒之下烧毁了自己全部的画作，并且发誓不再手握画笔。他喝了许多的酒，困醉在柏油马路上。

　　他醒来时，发现自己的身边有一个老头，他面目和善，见他醒来，他笑着说道：你这小鬼，我早就注意你了，你在校园里的恶作剧我可全知道。我是一家贷款公司的负责人，我正在寻找一位投资方面的天才。

　　可我只是一个画画的人，不是什么投资方面的天才。

　　给你讲个故事吧。古时候，许多人慕名前往罗马，那儿是高手云集的地方，只要到达那儿，也就是到达了天堂。但去罗马的路太挤了，一个小伙子苦苦寻找了多年，仍然没有成功。一日，他路过一个十字路口，问一位老者，这条路是通往罗马吗？老者说，不，通往佛罗伦萨，你去吗？

　　年轻人说我是去罗马的，不去佛罗伦萨。

　　老者却意外地说道，没有道路通罗马，只有一条路去佛罗伦萨。

　　年轻人后来想了想：好吧，我去佛罗伦萨。他到了佛罗伦萨后，意外地找到了自己失散多年的亲人，后来安居在那儿，成家立业，安度晚年。

库姆斯大悟说道：是呀，如果没有道路到达罗马，去佛罗伦萨也是情理之中的事情。

这个叫库姆斯的年轻人，毅然放弃了经营十多年的绘画事业，开始经营股票与投资，他摸爬滚打了十多年时间，终于成了一家小型基金公司的负责人。

但在 2010 年底，库姆斯却意外地成就了一片辉煌，股神巴菲特选中了他成为自己的接班人，这个家伙声名鹊起，一下子变成了金凤凰。

巴菲特选取他的理由是：他是个投资方面的天才，就像自己年轻时候一样。这也许是对他最高的褒奖。

人生的许多境地便是：没有道路通罗马，我们该如何选择？也许另外一座城市也有鸟语花香、姹紫嫣红。

一次一辈子成功

　　1939 年的圣诞节，在英国伦敦，德国纳粹的进攻正酣，英国国王乔治六世为了鼓舞士气，在广播电台发表演讲，号召军民同心协力，共御外敌。乔治六世有些口吃，虽然几经矫正，但口音依然有些迟缓。他从来没有发表过讲话，但这一次讲话却似一针催心剂，强烈地刺激了英国国民的心，他们决心行动起来，共同将德国纳粹分子赶出伦敦。

　　一个年仅 6 岁的孩子，在战火纷飞中倾听着乔治六世的讲话，他听的如痴如醉，以至于忘记了时间与空间。他也有着严重的口吃，听说过乔治六世国王为了矫正口吃而努力奋斗的故事，他将国王当成了崇拜的英雄。

　　时间陡转至二战后。这个叫赛德勒的孩子，十分喜爱电影剧本创作，他一心想将乔治六世克服口吃的故事写成电影剧本。由于有着相似的经历，他写出来的剧本犹如行云流水，尤其对于口吃障碍的描写入木三分，当时一位年长的电影编剧看过初稿后，认为这绝对可以成为一个划时代的作品。

但祸端却不请自来。一场大火将整个剧本烧成了一片灰烬，年轻的赛德勒泣不成声，他有了想轻生的念头。当时，他已经接到了一位导演的邀请，却最终因为剧本的丧失而流产。

他不得不凭借记忆重新编写剧本，这样花费了至少十年左右的时间，但剧本完成一半时，他却接到了一纸通知：乔治六世的遗孀拒绝他写关于乔治六世的故事，并且要求将剧本交给她。

这无异于晴天霹雳，已经花费大半辈子整理的剧本不得不面临重新毁灭的危险。他不停地找她交涉，但得到的答案却只有一个：不能写，除非我去世。

这一等，过去了 28 年。时间来到了 2011 年春天，一部叫《国王的演讲》的电影横空出世，这部修改了近 50 次的电影剧本震撼了整个影坛，它一举获得了 2011 年第 83 届奥斯卡金像奖、最佳导演奖、最佳男主角奖，大卫·赛德勒凭借精巧的电影剧本获得了最佳编剧奖。

电影公映时，赛德勒老泪纵横，他说："我有些不知所措，这是我有史以来第一次明白，我能发出声音，我的声音能够被人听到，对一个口吃患者来说，这一刻意味深长。"

赛德勒的成功与彼岸花有着惊人的相似，彼岸花一辈子只开一次花，但开花时，倾国倾城，他的花色染红了整个安第斯山脉；赛德勒一辈子只成功一次，但他的成功，将他的人生推向了辉煌的顶峰。

这个 74 岁老人的一生也如一部戏，他是唯一的男主角，《国王的演讲》是他的唯一传奇。

做一株墙外红梅

红梅

2004 年 12 月，白俄罗斯首都明斯克国家网球训练中心，年仅 15 岁的小姑娘阿扎伦卡准备选择退役，这也许是史上退役的最年轻的运动员了，"出身未捷身先死，长使英雄泪满襟"。

她在训练过程中受了严重的伤，腿部做了两次大型的手术，残酷的魔鬼式训练使得她痛不欲声，小时候的梦想遥不可及，身心俱疲的她告诉了教练：自己不想再坚持了，想回家上学，孝敬父母以度天伦。

教练卡卡里一脸郁闷，阿扎伦卡有着良好的网球天赋，她击球有力、奇特，是个天生的网球好手。卡卡里慧眼识英雄，在 8 岁时便将阿扎伦卡抱进了网球训练室进行启蒙训练，一路走来，二人感情甚笃，犹如父女，他想劝慰她不要前功尽弃，可再多的语言也无法挽留一颗受伤的心，卡卡里夜晚时分仍然没有离开网球训练中心，他等待着阿扎伦卡上完最后一节训练课。

接下来的几天时间，卡卡里约阿扎伦卡去野外游玩，这对于一个 15 岁的孩子来说，是一次欣喜的旅程。他们路过一个庄园时，看到了一株红梅伸出墙外，阿扎伦卡调皮地揪着梅花，然后洒向空中。

卡卡里问小姑娘，红梅漂亮吗？

当然漂亮，她们伸出墙头的姿势更加漂亮。

可是，如果她们开在墙内，恐怕就不漂亮啦？

阿扎伦卡有些疑惑地问教练：在墙内照样漂亮。

如果开在墙内，是没有人能够发现她的漂亮，就像一个人，如果只是埋头苦干，而没有将自己的才华绽放出来，即使再好的珍珠也只能藏在匣子里。

卡卡里语生心长地讲着故事：从前有一粒红梅的种子不幸地被砖块压在了身子下面，眼看着秋风瑟瑟，冬雪将临，她还未能成功地崭露头角，所幸的是，沿着砖的缝隙，她艰难地伸出了身姿，可是，她却发现，自己的身体竟然在墙的外边。在外面容易受伤，因为过路的人会折磨她，寒风会侵蚀她，可她别无选择，生命的机会只有一次，她拼命地生长，终于有一天，在漫天雪花中，她大放异彩。在这期间，她遭受着冬雪皑皑、冷风飕飕，忍受着陌生人的无端纠缠，甚至会有人对她的出墙而横加指责，她选择了坚强，终于，所有路过的人驻足观看她的芬芳美丽无瑕，她成了一个骄傲的公主。

卡卡里说到痛处，潸然泪下，阿扎伦卡与教练紧紧相拥在一起，她发誓要做一株千娇百艳的墙外红梅。

阿扎伦卡的网球生涯并非顺风顺水，她先后夺得过无数国内冠军，却从未染指过网球的大级别桂冠。在以后的打球事业中，她产生过无数次退役的想法，但一想到关于那株墙外红梅的故事，便令她充满热血，无比动容。

2012年初，澳大利亚网球公开赛，这株风中红梅一路披荆斩棘，风生水起地杀入了决赛，她的对手是两次大满贯冠军莎拉波娃。阿扎伦卡杜撰了去年李娜在法网上的神奇，创造了新手闯入决赛便夺取冠军的新纪录，她如愿以偿地捧获了澳网的大满贯冠军。

红梅缔造着属于冬天的传奇与神话，而墙外红梅却点亮着瞌睡人的眼，激励着萎顿人的斗志，锤炼着一种坚硬的风骨，塑造着属于自己的灿烂辉煌。

阴霾是失去信念的阳光

1967 年 5 月，美国西雅图第一中学，操场上人声鼎沸，学校正在举行一年一度的篮球比赛，以华人骆家辉为首的一支篮球队与另外一支篮球队在赛场上狭路相逢，双方剑拔弩张，打地不开可交。

由于裁判的一次误判，骆家辉对这样的结果感到不满意，他上前与裁判申诉，裁判认为他无理取闹，便掏出了黄牌，对方球员认为骆家辉输不起，便用嘲笑的口吻讽刺他，他忍无可忍，将一记耳光轻松地放在了对方球员的脸上。

球场上发生了械斗事件，这在西雅图中学还是头一遭，校长闻讯后，要求对闹事者严惩不贷。当时的美国，对华人有偏见，骆家辉收到了一份在家停学三个月的惩罚书。

骆家辉不服气这样的判决，他几次找到校长申诉，校长觉得他不可理喻，便给他的父亲打了电话，让父亲领他回家反省。

父亲领着骆家辉回转西雅图的家园，他们每天在田园里劳作。骆家辉低着头，失败的阴影始终笼罩着他，他一心想当个好学生，将来振兴华人在美国的影响力，可是这样路程走起来却无比艰难。

有一次，他与父亲一起拉着一大车的蔬菜去市场上叫卖，但在回来的路上，却突然遇到了暴雨，由于未带雨具，周围也没有找到一个适合的避雨场所，他们被淋成了"落汤鸡"。

雨始终没有停下来的意思，父亲看了看天，对骆家辉说道：我们接着赶路吧，等到雨停了，天也就黑了，我们就失去了光明，回家的路会更加坎坷。

骆家辉看了看天，他看到一大块一大块的阴霾缠绕着天际，挥之不去，他嘴里面嘟囔着：怎么都是阴霾，阳光哪去了？

父亲一边在前面拉着车，一边大声告诉他：不，阳光就在那儿，它没有走远，阴霾只是失去信念的阳光，只要天空充满了力量和自信，用不了多久，阴霾就会变成阳光的。

父亲的话很有哲理性，让骆家辉有些顿悟，他一边推着车子，一边抬头看天，果然，好大会儿，雨停住了，夕阳露出了笑脸，阴霾消失怠尽。

这个叫骆家辉的孩子不负众望，一口气奔跑在青云直上的仕途上。2009 年，奥巴马提请骆家辉为第一任华裔商务部长；2011 年，他又被奥巴马钦点为新一任驻华大使，奥巴马在白宫自豪地透露：骆家辉是担任驻华大使的唯一人选。

阳光无时无刻不停留在我们的天空中，只是我们被困难所缠绕，被失利所笼罩，我们的双眼沾满了泪水，却没有看清前方的康庄大道。

阴霾只是失去信念的阳光，在乌云覆盖的天空下，只要我们从不停歇，多去分析失利的原因，总结经验，总有一天，我们的双手一定可以拨云见日，阳光会重新照耀生命的蓝天。

世上没有不
受伤的花

1997 年 4 月，瑞士尼伯尔国立中学，一个叫朴云的男孩子报名参加了学校组织的演讲比赛，对于这样的决定，班里的许多同学都表示意外，因为朴云生性腼腆，内向不爱说话，见到陌生人总会脸红，如果哪个女孩子与他对话，他总会鼻子尖朝下低头沉默，不敢看女孩子那张俊俏的脸。

这样内向的人，报名参加演讲比赛，会是一种不可预知的效果。班长表示怀疑，因此没有把他的报名送给教导处。当朴云知道这个消息后，他怒火中烧，直接去找教导处主任，向他陈述自己的看法。查尔斯先生抬头看见一个身材魁梧但稍有羞涩的少年，他直接将朴云的名字补充到演讲比赛的名单当中。

比赛当天，朴云的演讲却出了茬子。他上台以后，面对着台下黑压压的观众，一时间语塞，讲不出话来，词也忘得一干二净，同学们送给他轰堂大笑，他更加紧张起来，直至在众人嘲笑的目光下，他冲出学校礼堂。

这件事情，令查尔斯脸上十分无光，因为是他冒着风险补充的演讲名单，为此，他还受到学校领导的批评，这对于有着百年校史的尼伯尔国立中学来说，简直是一个笑话。

朴云受到了沉痛的打击，他几日郁郁寡欢，生出了想回国的念头，他觉得为自己的国家丢了脸，对不起父亲大人的悉心教导，是一种耻辱。

就在他收拾行装的时候，查尔斯老师邀请他去郊外春游，他惭愧地接受了邀请。

在野外，到处都是山花烂漫着，查尔斯老师并没有埋怨他，只是低着头观赏脚下的鲜花朵朵，朴云想解释什么，却一时间感觉不知所云。

查尔斯看到了一簇鲜花，跑过去认真地观赏，但他看了花后却摇摇头，对朴云说道：你看这朵花，这么美，可是却有虫子咬伤了花瓣。

朴云有些听得云里雾里，但是他却随口回答查尔斯先生：这么漂亮的花，也会受伤呀？

查尔斯笑笑，继续说道：你可以检查每一朵花。世上并没有不受伤的花，每一朵花一生下来，要么面对虫子的叮咬，要么面对狂风的怒吼，或者会有病源侵蚀它的肌体。

朴云按照老师的指点，去观察每一朵花。看上去鲜艳无比的花，察看花瓣，或者是观察它的枝叶，总会伤痕累累。朴云若有所思。

这个叫朴云的孩子回去后打消了原有的顾虑，他开始报名参加学校组织的每项比赛，虽然每一次总难逃离失败的厄运，但他却一天天成熟起来。

第二年春天，在学校组织的演讲比赛上，大家见到一个天壤之别的朴云，他的演讲博得满堂彩，毫无疑问地得到了比赛的第一名。

这个叫朴云的孩子，有个朝鲜名字叫金正恩，他后来成为朝鲜的大将，也名符其实地成为朝鲜最高领导的接班人。

世上没有不受伤的花，世上没有不受伤的人生。

烹制了一百年的茶

世界第二高峰乔戈里峰，时间是 1993 年 3 月，一个叫摩顿森的美国人正在挑战这个世界第二大高峰，他想沿着巴基斯坦境内的山坡登上山峰，但意外却发生了。

雪崩蜂拥而来，他被无情的白雪覆盖在山峦下面，两天两夜时间，他凭借着雪堆中残存的氧气生存下来，但饥饿时时折磨着他的肉体与神经。

幸运的是，与他同时被雪崩覆盖的还有几个巴基斯坦马尔蒂人，他们熟悉雪崩的救援流程，首先自救成功，意外地发现了摩顿森，将奄奄一息的他也救了下来。

摩顿森醒来时，感觉半个身体失去了知觉，他看到了面前的土著马尔蒂人，将他们当成了强盗，因为他们的打扮装束十分传统野蛮，摩顿森感觉又进了龙潭虎穴。

他们用马尔蒂语问他哪里不舒服？他却听不懂他们的话，只是用右手指自己的另外半个身体。

接下来的几天时间，他们经历了千辛万苦和许多生死劫难，为了将他抬出乔戈里峰，马尔蒂的一个成员竟然意外掉下了无情的山峰，他们并没有将他放下，而是始终不离不弃地将他救回了马尔蒂人的宿营地。

摩顿森醒来时，看到几个彪形大汉手持着刀子，旁边煮沸着热水，本能告诉自己，他们可能要对自己动手了，他挣扎着想说什么，却浑身无力。马尔蒂族长亲自主刀，刀子扎进了摩顿森的身体里，原本麻木不仁的身体突然间产生了疼痛的感觉。

再次醒来时，却发现自己的全身裹着绷带，马尔蒂的族长寸步不离地照顾着他，他们请来了英语翻译，英语翻译告诉他：他们在用原始的方法救治他的身体，这会很疼，但效果比西医还要好。

摩顿森坐在小桌前面，族长告诉他后面有一壶烹制了一百年的茶，茶叶和水一直向里面续，但火却一直未曾熄灭过，这也是马尔蒂人结交朋友的最佳表白方式。三杯茶摆在摩顿森前面，第一杯茶表示你我是陌生人，第二杯茶表示你已经是我们的朋友，最后一杯茶则说明你已经是我的家人，我将用全部的生命来保护你。

摩顿森回到美国后，用大半生的时间写了一本叫做《三杯茶》的书，这本书阐述了自己在马尔蒂得到悉心照顾的亲历，着重介绍了马尔蒂人的友谊与交际方式。这本书的出版，赢得了空前的关注，《纽约时报》评论说这是一个美国人对于生命的全新承诺。

其实每个人在与陌生人的交际和沟通中，都需要这三杯可贵的茶，茶叶飘香，盈入彼此的胸怀，将陌生和羞涩驱散，残留下来的，尽是倾心与和谐。

你是自己的爱人

英国南方小郡伯克，时间是 1994 年圣诞节前夕，小镇上的居民们都在制作圣诞礼物，他们将祝福留给自己最亲最爱的人，祈祷着世界上最幸福的赞美诗。

一个叫凯特的小女孩，正在为没有人送给她圣诞礼物而苦恼，她的父母均在外地，自己则寄居在远房亲戚家里，她有一种寄人篱下之感。虽然她平时学会了乖巧，学会了适应别人给予自己的生活，但毕竟圣诞节马上就要到了。

她折了许多纸鹤，想送给姨妈的儿子卡尔，但他却将她的纸鹤扔在了风中，理由是不够精美，她握紧了拳头，好想送给他一记耳光，但她还是选择了隐忍。

圣诞假期的第一天，小女孩选择坐在马路边上看过往的人流与车流，直到卡尔表哥的声音传过来，他揪住她的头发，让她回家里吃饭。吃完饭后，家里只剩下她一个人，因为表哥全家要去教堂里。

凯特无所事事地一个人去大街上寻找节日的气氛，满街的烟花盈目，她忽然间感觉到一种无边无际的苍凉，她转了好几个弯儿，眼前的她竟然看到了一座修道院。

一个正在扫地的修女，比自己大不了多少，她和她同病相怜，她走过去，试图帮她的忙。

她们坐在烟花阵中观烟花，修女对她说道：你是第一个愿意帮助我的人，我没有亲人，唯一的亲戚马尔修女也在去年的圣诞节去世了，她临死前告诉我，要学会爱惜自己，即便世界上再没有人爱我，我还可以爱我自己，马尔修女告诉我：你是自己的爱人。

凯特觉得这是最好的圣诞礼物了，它犹如一句句赞美诗，飘过铺满烟花的教堂屋顶，落在地上的，尽是鲜花、掌声和善良。

凯特·米德尔顿在这样的善念下结识了英国威廉王子，他们的爱情故事由此拉开了帷幕。2011 年 4 月 29 日，全英国、全世界都送给他们最美丽的祝福与掌声，他们的婚礼就像他们的爱情一样，永远载入了辉煌的史册，她还是英国 350 年以来首位平民王妃。

如果世界冷酷地没有一点爱，至少还会有一个人自始自终、不离不弃地始终陪伴你、爱着你、宠着你、怜着你，那个人就是你自己。

在爱的天平上，有一条恒定的法则：你永远是自己的爱人。

如果老树也可以开出新花

2004年深秋，丹麦首都哥本哈根国家体育馆，一个前世界著名羽毛球运动员正在起草自己的退役计划。在过去的岁月里，他取得过一系列的辉煌，获得过无数枚世界冠军，但现在他已经年近三十岁了，浑身伤病困扰着他，使得他丧失了继续战斗下去的勇气和信心。

当他将自己的退役申请送达主教练波尔手中时，波尔一脸凝重，他没有开口劝慰他，更没有直接陈述出国家人才目前捉襟见肘的局面，他只是将退役申请放在自己的办公桌上。

晚上的哥本哈根，已经是万家灯火，羽毛球管理中心却是灯火通明，一个老运动员，正在费力练习着打球、拍球和绕球，他似乎是想将满腔的怒火发泄出来。

波尔走到他的身边，示意他停下来，到外面走走。

两人一直不说话，昔日的一对战友兄弟如今要面临诀别，波尔想劝他留下来，或者是选择当教练，因为丹麦队需要他这样的人才，但他却找不到适合的词汇。

两人不约而同来到一株枯死的老树面前，这是一株梧桐树，已经老眼昏花、垂垂暮年，与其他年轻力壮的梧桐树相比，它更显得风烛残年，没有几棵树叶陪伴，没有一朵花持续着自己的青春，他看到痛处，觉得自己像极了这株老梧桐。

两人在树下坐了下来，波尔不停地用手去抚慰着梧桐树裸露出的树根。

你不要劝我了，你看这棵老树，它如何能够开出新花？

不，老树也可以开出新花的，我希望你一直战斗下去，为国家，为集体，为了羽毛球的将来。

我现在浑身是病，毫无信心，我如何去战斗。他反驳着。

如果老树也可以开出新花来，我希望你能够留下来，与老树并肩战斗，当然，也包括我，我是你的好朋友，昔日的战友，如今仍然是。

他以后在训练的间隙，时常过来看这株老梧桐，但它依然缄默无语，始终没有将自己最美丽的一刻呈现出来，他觉得这可能就是自己的命运。

夜晚时分，在不经意的时刻，有一个熟悉的身影，手里托着水壶，为这株梧桐树浇水施肥，不过最后他会收拾好残迹。

又一个春天来临了，老梧桐树发狂似的疯长着，先是迷人的花儿开满了枝头，一点儿也不逊色于年轻的那些树，接着，蒲扇般的叶子从生命的最深处崩发出来，占据整个世界的枝头。

当年夏天，一个叫盖德的老运动员重新加入了训练的行列，并且他在 2005 年的中国羽毛球公开赛上获得了冠军。

既然选择了奋斗，他就没有想停下来，就这样又坚持了 6 年时间，他也到了 35 岁高龄。他驰骋沙场二十余年，创造了羽毛球运动员的最高战斗年龄，就连中国运动员林丹在 2011 年青岛苏迪曼杯赛后也无不挑大指称赞：自己要向盖德学习。

既然老树也可以开出新花，我们为何不能够抖擞精神，重新崩发出生命的激情与活力，让快要枯萎的生命之花怒放在胜利之巅。

既然老树也可以开出新花，我们为何不能够丢掉自暴自弃，忘却短暂的得与失，重整旗鼓，收拾已经颓废的大好河山。

做下好事，留下姓名

1950 年 3 月，瑞士小镇威斯帕中学，一场募捐活动声势浩大的进行着，捐款的对象是小镇上的苦难学生，学校号召全中学的有爱心的人士伸出伟大的援助之手，帮助他们有学上，有饭吃。

有一个捐款箱，放在操场的前方，许多老师和学生走过时，将自己的捐款投进捐款箱里。本来有一位老师在登记捐款者的姓名，可是由于人太多，加上许多人不愿意留下姓名，所以有许多捐款者并未被登记在册，这也为接下来的名单公布带来了困难。

按照瑞士法规，所有捐助者的姓名需要进行公示，除非本人事先声明，这件事情难为了学校的登记老师，虽然她努力回忆，但还是有至少一半的捐款者未能标清楚具体金额。

到了规定的公布日期，登记老师仍然未能将名单列示详尽，她去请示校长，校长哈哈大笑起来：无所谓的，许多人低调的很，有多少列示多少吧，我想大家不会为此事纠缠不休的，有爱心人从来不计较这些小事。

名单公示出来的第二天上午，学校教务处便挤满了学生。为首的一个学生叫布拉特，他带领全班未被登记在册的同学前来请求给予公示准确的捐款金额。

登记老师不知所措，虽然她几经解释，包括说出了校长的心声，但布拉特仍然不依不饶，他的意见是：公示出我们的名字和捐款金额，这是我们荣誉的体现，希望校方能够重视每个人的尊严。

面对这个只有十六岁的中学生，校长也出面解释了半天时间，所有的学生们都退去了，唯有这个难缠的布特位依然纠缠不休，他要求将事情查清楚，并给予澄清。

校长答应了他的要求，因为他不想因为这件事情影响自己的光辉前程。

这件事情至少花费了将近半个月时间，在布拉特的协助下，登记老师重新问询了所有的捐款老师和同学，中间过程十分复杂，金额对不上，有的学生在说谎，直至重复了多次后，这份新的捐款名单重新张示在光荣榜上。

大家看过后，发现布拉特的捐款金额是最多的，高达 300 瑞士法郎，一时间，舆论华然，大家纷纷传扬：布拉特是想张扬自己，是想留下好名声。

在一周之后的学校演讲会上，这名 16 岁的中学生演讲的题目叫做《做下好事，留下姓名》。在演讲中，他这样讲道：做下好事，留下姓名，不是为了显示自己的伟大，而是为了让对方记住帮助是相互的，爱是一双手到一双手的温度传染；更是为了给别人一个比较和平衡的机会，让好人好事之风迅速传遍整个校园和社会。

这个叫布拉特的家伙声名鹊起，迅速成了学校的偶像，并且当选了学生会的主席。

他的仕途之路由此打开。2007年，他当选为国际足联主席；2011年，他成功连任。这一切，源于他有良好的能力和口碑。国际足联的官员们十分喜欢他的做事风格：随和不失原则，鼓励却没有放任。

有时候，做下好事，留下姓名，不仅鼓励了别人，更成全了自己。

想到最坏，做到最好

1980 年 11 月，丹麦哥本哈根大学，学校准备在岁末年初时举办一场由学生组织的娱乐晚会，为此，学校进行了删选，最后确认由三个年级的两名同学任导演，其中一名总导演叫莫尔，另外一名学生叫莫滕森。

校方公布消息后，两名导演成了学生们的偶像，许多学生找到他们两个人，要求参加年末的娱乐晚会，两人对人选进行了认真地登记和选择，最后确认了参演名单。

对于晚会的举办地，莫尔和莫滕森出现了分歧，莫尔的意见是在操场上举办野外晚会，虽然天气寒冷，但可以搭成帐篷，这样不仅别具一格，而且可以使大家感受到一种野外的原汁原味。莫滕森不以为然，认为这是在哗众取宠，学校的大礼堂是历届举办晚会的必选地，他认为在操场上举办会有风险，因为哥本哈根冬季多风，如果出现大风天气如何处理？

莫尔认为他是在杞人忧天，他说道：我们是做娱乐工作的，至于天气原因，与我们没有多少关系，我相信观众和演员们不会有意见的。

莫滕森接着反驳道：做事情，要想到最坏，做到最好，天气原因也是应该考虑的原因。

由于莫尔是总导演，他是有权威性的，因此整场晚会在征集校长意见后在操场上如火如荼地进行准备着。

晚会果然出乎所有人的意料：参演人员认真，观众们也兴趣盎然，坐在帐篷里观看晚会，且旁边燃着迷人的篝火，这果然是一种难得的享受。

晚会进行到一半时，突然间狂风大作，雪花飘舞着，莫尔觉得这更增加了晚会的兴致，但正高兴时，大风将一半以上的帐篷卷上了天空，紧接着，一簇篝火不小心滚到了旁边的草地上，蓑草连天呀，小火卷成了大火，大火转眼间染红了半边天。

整场晚会以不快而告终，学校由此承担了巨额的消防费用，校长气的鼻子都清了，认为莫尔百密一疏。

这个叫莫滕森的大二男生却由此一鸣惊人，因为在校长的办公室里，他曾经提及过此种隐患，却没有得到校方的重视。

这个叫莫滕森的男生，逐渐在学校里斩露头角，并且疯狂地喜欢上了网球运动。在接下来的岁月里，他成了丹麦的国手，并且获得过多个世界冠军。

在每一次比赛前，他总是将结果想到最坏，并且做好多个备选方案，特别是在场上心态的变化。由于准备充分，他一直是一个心态十分稳健的选手。

2010年，已经"金盆洗手"多年的莫滕森重新出山，成为中国网球一姐李娜的新教练，用他自己的话来讲：他喜欢李娜的谨慎，这与自己的思想不谋而合。

双方虽然才合作了十几场球，却找到了默契点，李娜称赞莫滕森教会自己如何面对失败，以及如何在场上变被动为主动，李娜也不负众望，在新教练的精心指点下，迅速崛起为中国网坛第一人。在2011年法国网球公开赛上，她一路过关斩将，赢得了自己首个法网冠军，也成为中国乃至亚洲第一人。

凡事想到最坏，做到最好，是增加成功胜算的法码。

学费是四公斤垃圾

1970 年 9 月，韩国汉城国立大学刚刚开学，学生们发现成堆的垃圾堆放在校园周围，苍蝇满天飞，一个暑假的疏于管理便造成了这样的现状，校长看后十分苦恼。

学校除了雇用清洁工外，还发动了所有的学生外出劳动，他们干了将近一个月时间，才清除将近一个暑假的垃圾，不仅如此，由于组织不当，垃圾遗失在都市的街道上，引起了城市管理部门的高度不满，他们甚至对汉城大学下了通牒，要求这样的事情不要再发生。

但时间没有过多久，周围的居民又开始将垃圾堆到了原来的位置上，雇用的清洁工不断地辞职，因为这样的劳动强度对于他们来说太大了。校长苦不堪言，亲自带队挨家挨户走访，要求当地的居民爱护环境，不要再将垃圾堆放在学校门口，但收效甚微。为此，学校组织了专业化的队伍站岗放哨，遇到堆放的垃圾的群众便上前阻止，要求他们堆到指点的垃圾存放点去，但有些群众说那个地点太远了，这儿原来就是一个垃圾场，我们堆放习惯了。

11 月 23 日下午某一时刻，一个英俊的男生推开了校长办公室的大门，他胸有成竹地对校长说道：他有办法阻止垃圾的堆放，只是想请校长请他喝酒吃饭。

这样的交换条件显然令校长十分意外。在汉城大学，还没有人敢向自己宣战，他禁不住仔细打量着这个个头平平的年轻人。年轻人自我介绍说他叫潘基文，是外交学系的学生。

说吧，年轻人，不要让你自己难堪。校长语重心长。

我做了调查，我们周围的居民，几乎每家都有学生在我们大学里。潘基文说话时十分镇定。

这又怎样？校长追问着：这个我比你清楚。

居民堆放垃圾也是一种恶习，他们总认为垃圾存放点离居民区太远，而我们学校新建时本来就是一座垃圾场。

这个我更清楚，又怎样？校长显然有些不耐烦的样子。

两个因素结合在一起，就有了办法，第一条，我们可以联系环保部门，在学校的附近建一个大型的垃圾中转站；第二条，也是最重要的一条，我们每月上交的学费，要求附带着上交四公斤的生活垃圾，而这些垃圾必须上交到垃圾中转站里。有人建立帐册，没有上交的学生，即使学习再好，家里再富裕也算作违规。

校长眼前一亮，继而反问道：为何是每人四公斤垃圾？

因为每人每月四公斤的垃圾，就能够使我们学校门口保持清洁。

校长看着这个斩钉截铁的年轻人，马上拿起了电话，拨到了市政部门办公室。

第二天一早，学校出了硬性规定：每月收取的学费，附带上了新的条款，要求每名学生上交四公斤的生活垃圾。

时间马上来到了年底，汉城大学的校门口换了新样子：从未有过的亮丽清洁。

这个替校方出谋划策的学生潘基文也一时间声名鹊起，因为校长兑现了自己的诺言：他请潘基文去喝了酒，据说以前不爱喝酒的校长由此喜欢上了喝酒。

潘基文后来步入了仕途，一发而不可收拾，他先后担任了韩国的多个高官职务，直至2004年成了韩国的外长；2007年，他出任联合国秘书长，成为联合国的最高长官；2011年6月，联合国举行理事国大会，以鼓掌的方式一致决定潘基文连任联合国秘书长。

不能成功就选择失败

　　1892 年的一个夏天，德国柏林大学的一所实验室里，突然间传出一声惊天动地的巨响，教授与学子们奔走相告前去救火，当人们到达现场时，在弥漫的霄烟中，一个二十多岁的年轻人捂着鼻子，满脸是灰地仓皇逃离现场。

　　这个叫马尔德的年轻人被警方很快控制了，校长公示相关录像带，发现了马尔德违背科学，在做一场自命不凡的实验。

　　校长皮修十分恼怒，他对马尔德说道：我警告过你，这是天方夜谭，是永远不可能成功的，你如果再这样做，就会要了你的小命。

　　警方将他关进了警察局里，他面临着多项指控：故意毁坏、蓄意谋财、违背科学。

　　一年以后，他被释放出来，去寻找皮修校长要求返还校园，皮修不理不睬地说道：你是个疯狂主义者，这种态度十分适合科学实验，但你要知道，一切实验都要建立在科学的基础之上，而不能违背科学，我不能收留你，我不想让学校变成你我的坟墓。

马尔德天生秉赋惊人，他对古今中外的一些科学实验结果均持反对态度，他一直在研究物质原子理论，想通过实验证实自己的想法，可每次实验都以失败而告终。

没有了实验室，他自己造，很快地，一个微型实验室在郊区成立了，他白天是乞丐，晚上便成了一个科学家，他省吃俭用地请了两个略微懂一些物理常识的助手，但助手听说他的实验流程后吓得夺门而逃，他们不想与一个疯子合作。

三月份的一天，随着又一声爆炸，这个叫马尔德的年轻人进入了柏林市最大的一家医院，他不得不面临着整容的风险，因为在爆炸中，他被炸得体无完肤。

半年后的一天，一个面容憔悴的年轻人拄着拐仗出现在自己的家门口，马尔德的父亲请来了两位物理学家，请求他们说服自己的儿子不要再做什么惊人的实验。

说服无果，马尔德是个狂热主义者，他深知一项理论的诞生总是充满了惊险与磨难，相信上帝会眷顾自己的。

为了这个原理，他奋斗了二十余年，丢掉了一切，包括爱情与幸福，但他的实验毫无进展。

1916 年，爱因斯坦发明了广义相对论，震惊全世界，马尔德病痛交加，愧疚难当，他忍着巨痛进行了毕生最后一次实验，最终死在实验台上。

爱因斯进听说这个消息后，前往探望马尔德的遗体，当他观察了马尔德的实验流程及结果时，爱因斯坦连声叹气：一个错误的方向延误了一个天才的一生。

马尔德其实并不知道，爱因斯坦小时候是个狂热的小提琴爱好者，曾经参加了各式各样的大赛，并且取得过不错的名次，可是在世界大赛上，他却一次次败北碰壁，在一次次聘请高师无果后，他毅然决然地选择了放弃音乐事业，投身于物理学研究领域。

在人生的道路上，选择失败是多么地艰难，但硬撑着一个自己无力解决的事业，苦了自己，又害了别人。

既然你千方百计也无法成功，那就该选择失败，拿得起放得下的人才是真英雄。

不要挥霍你的
天赋

宝拉从小就是个离经叛道的女孩子，老师们都说她天赋极好。她从小就敢于从高空跳下来，做着各式各样的展示，然后在众人的掌声中，她趾高气扬地将自己的右手抬起来做着名人才有的举动。

在高一那年的夏天，学校组织春游，许多人选择了游泳，但中途发生意外，突然间山上发生洪峰，眼看着许多学生发生危险，正在此时，一个女孩子从山顶奇降而下，难度系数绝对不亚于奥运会选手，她惊奇的一跳，将许多学生拽上了岸，事后，老师找她谈了话，对她说道：你应该去跳水队接受培训，你有着与众不同的天赋。

十分顺利地，宝拉进入了墨西哥国家跳水队，她年纪虽小，却技压群雄，几个漂亮的水花压的大家心服口服。

为此，她成了跳水队的焦点与特殊人物。当时的跳坛，依然是中国一家独大，国家体育中心将宝拉当成了击破中国垄断统治的宝贝。

宝拉为此十分高傲，许多人说她天赋极好，常人训练多次的动作，她几次就可以完成，并且保质保量，但十分遗憾的是，她参加的几次世界大赛均以失败而告终。在一次记者采访中，她出言不逊，说凭自己的实力完全可以拿到冠军，只是大家还不认识自己罢了。

北京奥运会上，她只得到了单人十米台的第四名，她义愤填膺，觉得裁判对自己不公，为此大哭了一场，在国家跳水中心，她抬起的泪眼中看到了一位中国教练的身影，她叫马进。

马进被墨西哥国家队聘请成为跳水队的主教练，宝拉对马进十分不屑，认为不过是徒有虚名罢了，她已经下定了决心，要退役选择大学时光。

马进与宝拉的谈话由此开始，她直言不讳地告诉宝拉：你有着良好的天赋，这是你的优点，却也成了你的软肋，你为此骄傲自满，不可一世，认为这是不可能改变的资本；你的训练课程没有章程，毫无循序渐进的改进目标，你是在浪费上帝赐予你的天赋。

这几句话，戳醒了忘乎所以的宝拉。当晚，她坐在电视机前，马进一五一十地陈述了她动作中的所有缺点，说的宝拉痛不欲声，下定决心要使自己清醒。

　　她们的磨合经历了诸多坎坷，宝拉终于挺了过来，在马进的帮助下,天赋加上良好的训练铸就了墨西哥公主的一段传奇，她的跳水事业风生水起、蒸蒸日上。

　　在 2011 年深圳大学生运动会上，宝拉·埃斯皮诺萨打破了中国跳水队的垄断统治，在女子 10 米跳台决赛中，力压中国选手获得冠军，一夜之间，她成为墨西哥的英雄，家喻户晓的"公主"。

　　天赋是上帝赐予你的最大资本，但不是仅凭一个天赋就可以取得成功，成功是天赋加上努力的结果，天赋是用来努力的，而不是用来挥霍的。

狂人库克

　　狂人库克，职业是 IT，但原来却只是一个江湖上的小混混，小混混也分三六九等，他不甘心只是一个小流氓，时常想着如何成为一个有品位的大流氓，于是便朝这个方向努力着。

　　库克与一帮人打架，结果打得鼻清脸肿的，其他的同伴却毫发无损。夜晚时分，库克搂着伤口狂想，为何自己的遭遇如此差？是因为自己太老实。不想老实的库克决心伪装自己，下次再打架时跑得比别人快，拔腿就走。

　　库克觉得自己这个小角色不符合个人理想，于是便想着补充知识。小混混们业余时间便是上网、聊天和视频，库克截然不同，他忙着搜寻各式各样的互联网知识，在网上注册了属于自己的域名与网页，让大家知道一个与众不同的库克。

　　知道库克要去参加培训时，大家纷纷白眼，说库克是白日做梦吧，一个小流氓不好好做自己的职业，竟然痴人说梦般地想去互联网上混。但库克不理不睬的，决心由一个小流氓成为一个有品位、有知识的大流氓。现代知识爆炸，竞争如此激烈，小混混也要及时补充营养，否则会被其他更有品位的小流氓们挤下历史的舞台。

果不其然，小混混库克有着惊人的学习天赋，整夜整宿的不睡觉，将自己的思维牢牢贴在课本上、电脑上，直到鸡叫多遍依然不肯罢休。

学员们说这是个狂人，不肯休息的狂人，于是便有几个好事者纠结几位美女前来骚扰，不相信他不为之所动，但库克依然执著，不肯被美色破坏了学习的程序，几个回合下来，美女们叫苦不迭，纷纷逃之天天，只留下孑然一身的库克。

库克毕业后无事可做，做了几桩子买卖依然被命运所捉弄，于是他想到了康柏公司。当时康柏公司大量招收雇员，他没有靠山，凭的是本事，肯吃苦力，进去后受人猜忌，只得做了一年的苦力差事，但他肯动脑筋，肯为别人分担，所有的人都喜欢他，他可以整晚加班而不知疲倦，这样的疯狂状态哪个老板不喜欢？

一不小心，机缘巧合，库克登上了公司的中层岗位，这个岗位许多人垂涎已久，却没有成功，但大家对库克的上任表示理解，试想：一个肯将全部生命倾洒到工作岗位上的人，哪个人不表示佩服？

一上任便雷厉风行，采取了几项措施雷霆万钧，效果奇特，这让库克名声噪起，这个废寝忘食的家伙几乎家喻户晓，连苹果公司总裁乔布斯也对之刮目相看。经过几次谈话后，库克竟然提出了一个让乔布斯大吃一惊的想法，他要离开康柏，去苹果公司。

这样的想法正符合乔布斯的思想，乔布斯只是觉得不可思议，经过多次协商，乔布斯如愿以偿地俘获了库克。从 1998 年起，库克正式成为苹果公司的资深副总裁。

当时的苹果，姿态臃肿，苦不堪言，上任伊始的库克以秋风卷落叶的姿态在半个月内接连不断地出台各式各样的规定制度，将整个苹果公司搅成了一锅粥，许多人风闻他的办事风格，认为世界末日将要降临，以后会重上加重，但库克却告诉大家：苹果要加薪，减少工作时间，但前提是提高工作效率。

有这样的好事，大家认为他痴他癫他狂，不过是一句玩笑话罢了，谁年轻时候没有犯过轻举妄动的错误？

但结果却让大家大跌眼镜，如释重负的苹果长成了一颗成熟的、硕大的苹果，枝叶更加繁茂，生命越发苍翠。

2011 年 8 月 24 日，乔布斯突然间宣布一个重大决策，他要让贤于库克，他认为库克的才能已经超越了自己，自己甘愿退居二线，从此不再干政。

狂人库克终于由一个小混混成为一个大流氓，他自己曾经表态，一个人最疯狂的时候也是状态最好的时候，在状态最好的时候疯狂工作与学习，你就离成功不远了。

话虽简单，几人能够做得到？

八岁成熟

　　爱德华与一帮孩子，在摩天大厦前玩耍，这个家伙特立独行，总爱以领导者的身份自居，他指挥若定，要求孩子们如何听从他的指挥。与他的父亲一样，他天生是个强者。

　　摩天大厦前贴出了告示，大厦要出售，原因是多年经营不善。

　　一个孩子上前调皮地撕掉了告示，惹得大厦的工作人员恼羞成怒，骂他们：滚远点，你们才有多少钱呀？

　　孩子们遇到了波折，心里不安，便用了激将法，问爱德华你是否敢购买这座大厦，爱德华一向自诩为理财专家。

　　他们还开出了条件，如果他能够成功，就是个不折不扣的强人，他们愿意给他打工，听从他的号令。

　　爱德华答应了他们，晚上回家时，信誓旦旦地将整个想法告诉了母亲，母亲惊愕万分，说孩子你才 8 岁呀，做不到的事情不要吹牛。

面对母亲的批评，爱德华说道：我不是吹牛，父亲借我钱，我将来会还的，大厦买下来，我可以经营管理，我保证一年之内起死回生。

我的天呀，母亲将他抱在怀里，摸他的额头：你太小了，这是大人们才考虑的事情，我可不想让我的孩子，从小与钱打交道，太可怕了。

没什么可怕的，父亲巴菲特从外面走了进来，也许他一直呆在门后面听着大儿子的慷慨之言，巴菲特笑着问爱德华：你认为几岁开始理财最好？

1 岁吧，理财是个长期的事情。

巴菲特笑了起来，说道：1 岁太早了，8 岁正好，你现在已经到了可以理财的年纪了。

三天之后，报纸上传来一个惊人的消息：巴菲特的儿子爱德华买下了摩天大厦，他成为全美年纪最小的理财人。

爱德华也成了摩天大道最年轻的管理者，他啥也不懂，如何管理，有办法，父亲是后台，为他支招，他加上自己的童心与天真的幻想，竟然在一年内让摩天大厦扭亏为盈，起死回生，这简直成了一个划时代的奇迹。

爱德华 16 岁那年，报纸采访他时，他这样介绍：投资越早越好，最好从孩子开始。孩子们天生机敏，涉世未深，对钱财没有太多的负重压力，这样的环境十分适合投资，许多人问我什么时候开始成熟的，我要告诉大家，8 岁，自从买下了摩天大厦后，我一步迈入了成年。

2011 年 12 月 13 日，"股神"巴菲特对外宣布：自己的大儿子爱德华成为自己的接班人。

8 岁，美丽的年龄，躲在爱的襁褓里接受着世间天伦，在乡下，可能是刚刚背着书包，睁着羞涩的眼睛看着大千世界。

但 8 岁的爱德华却已经长成了一朵成熟的花，在风雨中开始接受磨砺和洗礼，许多人认为这是花的早熟，是对花的摧残，但他们却忽略了花期，提前的花期为孩子赢得了宝贵的经验，提供了赖以生存的江湖手段，更让他们知道如何躲避世间风雨，如何迎接阳光雨露。

我一直记得自己 8 岁的时候，看着墙角的一朵花拼命地想着自己啥时候才能够开放，我相信 8 岁时看过的那朵花，也一定是一朵好花。

清除别人门口的垃圾

意大利是个垃圾大国，在首都罗马的街头，除非有重大外事活动，平日里垃圾与苍蝇共舞的现象俯首即是，在乡下的小镇上，尤其是雪上加霜。

1954年的意大利首都罗马，二战的阴影才刚刚散去，人们从一场噩梦中苏醒过来，拼命地享受着自由和平的现代生活，一系列消费品充饰着罗马的超市和商场，垃圾堆积如山，政府伤透了脑筋却毫无办法。

罗马郊区的田陵镇，镇上约有万人居住，家家门口垃圾成堆。开始是自家的垃圾堆向自己的门口，后来便演变成一场战争，互相堆放垃圾成风，有些人甚至采用早起晚睡的办法，将垃圾堆向自己讨厌的家庭的门口，等到第二天这家人出门时，垃圾早已经封锁了门路，于是，对骂起来，一时间，小镇的街道上，充满了不安与急躁。

镇政府领导小罗这些天正在征集民众的意见，让有识之士想办法整顿垃圾事宜，因为严重的垃圾问题不仅上升了社会问题，同时还造成了流行疾病的产生。

应征者聊聊，大家见怪不怪，认为这是政府的问题，与大家何干？

周末时分，一个十来岁的孩子推开了政府办公室虚掩的大门，他脸上尽是汗水，看来十分焦急的样子，小罗问他找谁？他说自己叫蒙蒂，是来解决垃圾问题的，蒙蒂的思想被淋漓尽致地表达出来后，小罗神经兮兮地看着面前这个涉事未深的孩子，这能行吗？在毫无办法的情况下，这就是办法，蒙蒂说话时故作高深。

政府下了公告：共建和谐邻居，互相帮助，评比优秀的邻里关系，要求帮助要有证据。

公告贴出去以后，几乎无人响应。镇上东边的两家本来关系较好，他们马上被列为了奖励对象，政府兑现后，大家风云而起，行动起来。

在短暂的时间内，形成了这样的局面，东家门口的垃圾早已经被西家门口的人清理干净，互相清理垃圾成了一种时尚与潮流，大家纷纷争优争先，政府的人每日里只是做检查，街道恢复了宁静与安详，流行疾病的根源被扼杀在萌芽状态里，小罗手舞足蹈。

"清除别人门口的垃圾"成了一种行动口号，迅速蔓延至全国各地，大家都记住了一个年仅14岁的孩子：马里奥·蒙蒂。

蒙蒂在20余岁毕业后进入政府工作，一路顺风顺水，得天独厚的资质使的他在政府工作中游刃有余。2011年11月，意大利总理贝卢斯科尼下台，蒙蒂众望所归地被意大利总统提名为新一届的政府总理。

擅长交际是蒙蒂的特长，政府之间的人员如同邻里关系，蒙蒂最喜欢做的工作就是帮助别人渡过难关。由此，他赢得了良好的口碑和人脉，相信他能够带领意大利人民渡过经济困境。

第二辑

为自己画个月亮

为自己画个月亮吧，然后手张弓搭箭地去扫射它，月亮多么伟大呀，是所有人进军的目标与希望，瞄准月亮的弓箭手呀，总比瞄准树木的弓箭手射得高，因为他们安之若素，枕戈待旦。

为孩子设置障碍的母亲

　　时间是 1979 年 3 月，英国伦敦东区的一座公园里，一个 10 岁左右的小男孩，眼睛上蒙着头巾。他逶迤着摸索着伸着双手，试图去寻找前方失踪的母亲。

　　他开始信心十足，嘴里面吵嚷着：妈妈，我一会儿准抓住你。

　　但在接连不断的失败后，嬉笑声变成了哭泣声，直至最后爆发出来。这吸引了许多人的目光。

　　这个狠心的母亲，并没有从树后跳出来，给孩子一个惊喜，或者如其他家长一样，跑到孩子后面，悄悄解开他眼睛上的障碍，她一直躲在树后，悄无声息地，就好像孩子与自己一点儿关系都没有。

　　路人看不过去了，想过去帮助小男孩，或者干脆解掉孩子的头巾，因为前方正有一个湖张着黑黑的嘴巴等待着陌生人的来访。

母亲示意他们不要，并且冲他们摆摆手，送过去感激的目光。

这真是一个喜欢恶作剧的母亲。

男孩子开始自己解头上的头巾，却没有成功，因为母亲系了死结，他费了半天力依然没有成功，他蹲在地上，不停地哭泣起来。

母亲却在远方向他召唤：孩子过来，妈妈在前方，你不是喜欢捉弄人吗，如果你能够找到我，就赢取了足够的信心，你就可以设计出来世界上最好的服装。

孩子停止了哭泣，他凭着感觉一点点接近了母亲，等到快要到达母亲身边时，出乎所有人的意料，母亲竟然选择了离开，孩子的脑袋结实地撞在树桩上，疼痛瞬间袭满了全身。

小男孩用了近一上午时间，才找到了母亲的下落，他痛哭流涕地搂着母亲。

这个小男孩叫亚历山大·麦昆，是个淘气的孩子，平日里喜欢搞恶作剧，喜欢捉弄人，并且在班里扬言可以做出世界上最美丽的服装，他才十岁的光景，便参加了市里的服装设计大赛，并且获得了二等奖。

我是故意给他制造障碍的，好让他不可一世的心平息下来，现实是残酷的，人不可能一辈子顺风顺水，如果不能学会超越障碍，前途会变得十分渺茫。他的母亲如是说。

为自己的孩子制造障碍，有几个母亲有这样的胸襟与气魄。

这个叫亚历山大.麦昆的孩子没有辜负母亲的期望，他后来成为世界闻名的服装设计师，并且是美国总统府的御用服装设计师。在2011年胡锦涛主席访问美国时，奥巴马夫人米歇尔的服装就出自他手，由于设计风格另类奇特，有人称他为"坏小子""时装界流氓"。

人在春风得意的时候，就会迷失自己，而障碍与困难却是人生的清醒剂，它会让你知道自己的脚依然踩在地下。有障碍的时候，我们克敌制胜；如果没有困难，人为的设置障碍也是一剂良药。

写回绝信的男孩子

　　1983 的隆冬时节，法国卢瓦雷地区的皮蒂韦耶，一个年仅 18 岁的男孩子伫立在风中，他的目光中带有哀伤和怅惘，他手里拿着一本厚厚的书稿，书稿上面的题目十分引人注目，叫做《地图与领土》。

　　他是一位业余作者，刚刚收到第 13 家出版社的回绝信，他等待的结果依然是一封充满无情味的回绝信，信中无非是一些推诿的说辞：我们出版社经费有限，暂时无法考虑您这本书的出版。

　　半年时间以来，他一直在寻求出版社能够出版自己的这本书，他觉得这本书是自己多年来思想与智慧的结晶，如果问世的话，一定可以受到读者的青睐，但出版社对此书的内容均不看好，因此，他们都找了各种理由进行回绝。

他在寒风中呆了许久，终于，他想到了一个好办法以泄心头之愤，他想给写回绝信的这家出版社的老板让雷先生也写一封回绝信，在信中，他想表白一下自己对于他们这封回绝信的看法，信的内容如下：

亲爱的让雷先生：

收到您的回绝信，我感到十分吃惊，因为我觉得你们的才能实在让我钦佩不已，将原书只字未改的退回，在法国出版界绝对是一次创举，我想我可以宣传一下你们的经营方法。

我每天都在收到许多封耐人寻味的、让我啼笑皆非的回绝信，但我只是看一眼，便将它们扔在尘埃里，因为我觉得它们不值得我浪费太多的时间，但是今天，我的心情正十分沮丧时，您的回绝信却到了。

对于您的回绝信，我充满了兴趣，于是，我冒出来一种想法，我要破例也写一次回绝信，我想我可以选择回绝您这封不准备出版我书稿的信笺。

我觉得您的这封回绝信不适合我，因为我就是一个天才，如果你错过了一个天才，恐怕会遗憾终生的。因此，我觉得在12月份结束以前，我能够收到您的邀请函，然后我们可以在一家咖啡厅里，签署关于出版我这本书稿的协议，当然，咖啡应该由您来买单。

希望我这封回绝信能给你带来好运。

真诚的维勒贝克。

　　一周后，在法国巴黎最大的一家咖啡厅里，让雷先生约见了一个叫维勒贝克的 18 岁男孩，他们签署了关于出版《地图与领土》书稿的协议，一个伟大的作家诞生了。

　　这个写回绝信的男孩子维勒贝克，于 2010 年 12 月凭借《地图与领土》的再版畅销获得了法国最有影响力的文学大奖——龚古尔奖，而他别具一格的传奇经历也让大家对他的成功刮目相看。

让失败连任

一个年长者手中举着出发的旗帜，他大声呵斥着一个光着脚丫的男孩子，男孩子脚下都是硬石磨出的血泡。

"卢卡，你必须勇敢地向前冲，越过那座山顶，拿到那枚旗子，这是你的唯一目标。"

这是科尔佩斯村中最德高望重的老人，也是卢卡的祖父，他完全不顾及孩子脸上伤心无望的表情，手中尽是催促与埋怨。

卢卡显然有些力不从心，老人看他半天没有反应，禁不住勃然大怒，抬起脚蹬了他的屁股，孩子跌坐在石头上。

这个叫卢卡的孩子，为了得到那枚白俄罗斯民族最尊贵的旗子，每天做着这样重复的工作，他每天都以失败告终。

在这个月的最后一天，他接近了这面旗子，它迎风飘扬的样子十分可爱。卢卡心里想着，他与祖父的打赌也许会以自己的胜利而告终。

他翻过一道蜿蜒的山梁，准备去摘下那枚挂在半空中的旗子，但他却意外地发现，有另外一双手接近了他，那双手摘走了旗子，然后沿着山道向上面攀登，他看不清那人的脸，只是借着朦胧的星光，猜测这绝对不是个好人，他想破坏自己的好梦。

他一直穷追不舍，却没有成功，在黎明再次降临这座山峦时，他意外地发现，旗子重新挂在一个最新的高度上。

卢卡灰心丧气地下了山，他向祖父讲述了自己的经历，他认为不是自己失败了，而是那人别有用心。

祖父面沉似水，他没有等卢卡说完，便打断了他的话：

"我只看到了一个失败的结果，我不需要你的任何过程，旗子没有拿到，继续努力吧。"

卢卡整个晚上都在做着噩梦，他认为大人们不讲理，对自己不公平。

但他第二天还是接受了挑战，虽然每每以失败而告终。最终有一天，他在太阳下山时冲到了山顶，他认为成功已经与自己接近了，便决定留宿山上，第二天一早便将旗子拿到手。

深夜的山中，寒风刺骨，没有食物，没有水，卢卡冻了个半死，他听到了深山中传来了狼吼。

他没有退缩，而是选择了以点燃篝火的方式驱除严寒与胆怵。第二天一早，他直向目标地进发，终于在上午时分拿到了旗子，然后在太阳下山以前到达了村里。

祖父满脸笑容，他将象征着英雄称号的旗子挂在孙子胸前，告诉他：你自己长大了，以后，你可以驰骋于江湖。

当他后来知道，那个偷走旗子的人竟然是祖父时，他疑惑不解，他不相信苍老的祖父能够跑得比自己还快，直至他当上白俄罗斯总统后，他才知道祖父的良苦用心：

一个不能够面对失败的人，绝不是一个坚强的人，而一个不能够随时面对第二次失败的人，绝不可能收获成功。

让失败连任的卢卡申科，却在 2010 年 12 月让成功连任，他胜利地连任了白俄罗斯总统。

也许正是有了小时候让失败连任的气度与信念，卢卡申科才可能驱走角逐失利的梦魇，才可以让成功之花攀过夏天，越过秋天，直至冬天开放在生命的枝头。

如果你能够连续顶住两次以上失败的压力，你一定能够收获成功，卢卡申科如是说。

倾国倾城　政权也可以

1963 年的巴西利亚，和风细雨并没有掩盖内部的骚动，政治陷入严重的混乱状态，许多政党阴谋着发动暴动，他们都想在乱世中分得一杯属于自己利益的甜羹。

这种环境本与美丽无关，大家议论的焦点全部是政治、叛乱和战争，但一个年仅 16 岁的女孩子，她的心灵却藏满了阳光。这样的年龄，应该是做梦的时候，她希望能够在巴西利亚最大的广场上制造一起有轰动效应的选美大赛，然后她自己既当主持人，又可以担任冠军这个角色。

她将这个想法说给了自己的父亲听，父亲是一位中层阶级，他坚决反对女儿的这种无规则做法，大家现在都是想方设法地不使自己抛头露面，如果你这样做了，各个党派一定会将你做为众矢之的，引起无妄之灾，美丽是无罪的，但生命比美丽更加重要。

罗塞夫晚上一直在痛哭，她的哭声惹得窗户外面的小鸟驻足不前，它们悄悄地将她的忧郁带给了一位喜爱她的年轻人，他的名字叫加莱诺。

他乘着夜色找到了她，并且与她商量好了，以青春为赌注，成就一段关于美丽的生命传奇。

他们暗中策划这场与美丽有关的赛事，竟然征得了无数少男少女的青睐，他们纷纷表示愿意参加这项比赛，当然，这一切安排均躲开了罗塞夫的父母亲。

时间定在下个周一的上午，天气预报说当日阳光明媚，适宜孩子们的发挥。

在纷扰的战争间隙中，竟然有无数的人们参加了他们的走秀活动，现场一度围观近上千人，许多人为他们的表演啧啧赞叹着，有些人甚至慷慨解囊愿意帮助他们。

一队反政府武装的士兵们发现了他们的大胆行为，他们派兵包围了比赛现场，人群如鸟兽散，只留下以加莱诺和罗塞夫为首的组织者。

首领瞪着眼睛，以不可一世的眼光望着她们：你们，简直是不想活了，知道吗，你们在做什么？以卵击石是什么，你们知道吗？

我们只是在表演节目，与我们这个年纪相当的生活内容，与政治无关。

　　我要告诉你们，任何事情，都必须以政治为前提，你们的安全都保证不了，我看你们如何去"臭美"？

　　由于罗塞夫的过激言论，她被送进了监狱里。父亲闻知此事后，四处张罗此事，但还是将她关闭了至少一年的时间，她坚决不向反政府武装道歉，认为自己的做法没有任何错误，美丽有何罪？

　　这个以胆大著称的女孩子，出狱后便加入了巴西共产党，在监狱中磨砺出来的坚韧性格使得她充满了智慧与力量，她敢做敢为且出奇不意，很快赢得了良好的口碑。

　　时间延伸到了 2010 年，一场与美丽无关的政治大赛拉开了帷幕，罗塞夫参选巴西总统。10 月 30 日，她终于成功地当选了巴西的新一届总统。也成为巴西历史上第一位女总统。

　　谁说政权与美丽无关，罗塞夫以自己的美丽赢得了一场制胜的大赛，她实至名归地成为这场大赛的总冠军。

　　谁说政权不可以倾国倾城？

杯记得茶的香味

日本东京，时间是 1998 年 3 月，春寒料峭，日本有名的茶道公司门口站满了等候面试的人们，他们顶着初春的严寒只是为了躲避亚洲金融危机的冲击，每个人都希望抱到足够多的钱，来度过这个困难的时代。

一个 20 岁左右的男孩子，在人群中显得极不协调，他被人群挤来挤去的，好像一只飘荡的浮萍，他的脸充满了沮丧与不自信，他左边空空的袖管下埋藏着自己多年前的一场噩梦。

有人叫他的名字：山田拓朗，你也来应聘吗，我看你还是回家照顾母亲吧。再说，你的个人条件人家不会答应的。

山田的脸上一片绯红，但他仍然坚强地站直了身子：我什么都可以做的，放心吧，我不比你们健全的人差多少？

面试的结果可想而知，他遭到了严厉的拒绝，甚至面试官的目光中装满了不屑，他们觉得这简直是贻笑大方。

山田无奈之下，只好到当地的一家茶园去上班，虽然工资少的可怜，但总比在家里闲坐着好得多。

他每日里郁闷寡欢，回家时便给母亲抱怨自己的命苦，为什么自己的左臂会遭受不测，他甚至觉得父亲的去世是上天对自己的惩罚。

又一天上班时，茶园主邀请他坐下喝茶，他受宠若惊。茶是苦丁茶，一种不起眼的茶，在市场上到处都是，卖不上价钱，许多人用来洗手泡澡用。

他品了一口，觉得苦涩无比，忍不住吐了出来。

茶园主问他，这茶十分苦吗？

是的，我就像我一样，身世凄苦，但这就是命，他不可能变成另外一种茶的，没有人会记得这种茶的香味。

茶园主笑笑，用他刚刚喝过的茶杯换了另外一种茶，然后让他喝。

他喝下去后，感觉到一种别有的清香，他赞叹道，好茶，这是什么茶？

不，这是白开水，我根本就没有加茶叶进去，不过，我用的茶杯是常年浸泡苦丁茶的杯子，你不要以为苦丁茶就是一种苦茶，它不是没有香味，它只是将所有的香味都浸在了杯子里。你刚才不是说没有人会怀念这种茶的香味吗，你错了，杯子记下了这种茶的香味，不然，香味为什么会出现在白开水里呢？

杯记得茶的香味，总会有人记得你的才能，你喜欢游泳，是吧，我的游泳馆可以常年向你免费开放，相信你可以成为一位出色的残疾人运动员。

这个叫山田拓朗的孩子犹如醍醐灌顶。

人不是一无是处的，哪怕这人的身世那么卑微寒酸和凄凉。

他在泳池里找到了自我，并且在 2010 年取得了广州残亚运的第一枚金牌。

即使你不被全世界赏识，但总有一盏杯记下你的香味，当时间的嘴掠过痛苦的杯沿，上帝早在不经意间将成功的因子拷贝在生命的内存里，轻泯一口，唇齿留芳，香飘无涯。

地狱里的天堂花

她出生在仰光，时间是 1945 年，出生时雷电大作，接生的邻居大妈抱她出来时，笑呵呵地夸奖她：哭声十足，是个不同凡响的女孩子。

她果然与众不同。上学的时候，就喜欢演讲，与生俱有的演讲天分，且思维灵活。她敢于打破学校里的传统习惯，不让谈恋爱，她却偏偏反其道而行之。高中的时候，就领着个男孩子公开大胆地校园里来回逡巡着，根本不顾及路人疑惑的眼光。在许多师长的眼里，她疯狂且执著，特立独行，想别人不敢想。

她桀骜不驯的性格终于招来了牢狱之灾。在她的带领下，学校里的许多学生参加了一次反政府的示威游行，这可破了大忌，校长拼命地出来堵截，但她却坚持自己的政治观点：缅甸崇尚自由，鼓励公民反映自己的正确观点，有何不可？学生是国家的未来，如果学生们全部缄口不言，那国家还有没有希望？

武装部队施用了催泪弹，烟雾弥漫中，一朵鲜艳的奇葩倒在尘埃里，对她的惩罚是入狱十五天。

她第一次进入了监狱里，没有阳光雨露，没有新鲜的空气，她第一次尝到了磨难的味道。当清晨的第一声钟响催她起床时，政府人员进入了监狱里，他递给她一张纸，让她写下自己的罪行，然后根据表现反省状况决定是否可以提前出狱？

她没有接那张纸，只是抬起头来看天花板，有一些残水从参差不齐的缝隙里渗出来，打在地板上，砸了一个个深坑，有一些调皮的动物从仅有的一扇小窗中探出头来看着她，笑她的不可一世。

满眼的失望与无助。她的手不由自主地将纸放在桌子上，然后握了笔，准备按照他们的做法，以使自己早日脱海苦海。

但她的目光与一朵花碰在了一起，这朵不起眼的小花竟然开在潮湿的墙壁上，微小、纤弱、弱不禁风，偶尔有一丝风传过来，它摇摆着脑袋，仿佛随时有泯灭的可能，但它毅然坚持着，将根牢牢地拴在本来就不可靠的缝隙里。

以后的几天时间里，观察那朵小花，成了她主要的乐趣，以致于政府十分不满意她的反省表现。终于有一天，一个士兵闯了进来，将那张仍然空白的纸撕了个粉碎，然后将那朵小花连根拔起，扔在地板上。

她的失望到达了极致，当士兵离开后，她捡起了那朵小花，它的根竟然有手臂那么长。她拼命地找了个混漉漉的角落里，挖开了一点污泥，将小花保护起来。第二天上午，花朵已经开始枯萎，叶子也开始泛黄，她哭得一塌糊涂，好不伤心。

她将自己喝的水浇在她的根部，然后寻找稀少的泥土将她围了起来，她寄予了极大的期望，甚至将一生的命运与这朵小花联系在一起，花在，我在；花亡，我亡。

这简直是一朵生命力顽强的小花，它竟然死而复生，重新张望着这个如地狱般黑暗的小屋，阳光终于照了进来，她的脸上写满了春天。

这个叫昂山素季的女孩子，出狱后开始从政，她以自己雄辩的口才与敏捷的思维很快赢得了良好的口碑与声誉，但不幸的是，她几次被军政府武装关押，最严重地一次是1995年，她被软禁了15年，直到2010年11月才被释放。

这朵生长在仰光土壤上的不起眼的小花，还是坚强地屹立于天地间，在她被释放的当天，无数名她的崇拜者举着她的名字示威游行，在选民们看来，她依然是一朵永不凋零的天堂花。

地狱里有一种花，叫曼陀罗。它用鲜血浇灌，剧毒，坚韧不拔，由于卓尔不凡，这被诅咒成地狱之花，上帝为了惩罚它，让它失去阳光，失去雨露，让每一个精灵住进它的花瓣里，让它失去自由之身，但是它却一直没有放弃努力，它挣扎、反抗，锻炼自己，几次将住在自己身体里的精灵驱赶出来。终于有一天，上帝感动于它的执著，让它获得了自由，曼陀罗成为名符其实地开在地狱里的天堂花。

昂山素季，正是一朵开在地狱里的天堂花。

寻找另外一棵歪脖子树

　　他出生在秘鲁南部的亚雷基帕市，从小就不安于现状，与一伙孩子玩耍时，他总要想方设法地当孩子王。他是个从小喜欢政治与权利的人，曾经为了与另外一群孩子争夺地盘，他领着一支队伍与对方发生了血拼，结果他差点被关进地方政府设置的少年监狱里。

　　偏偏是这样一个喜欢暴力的孩子，竟然也与文学有缘。他小时候无意中写下了一篇关于爱情的文章，在校园里被大家疯传，老师拜读后，认为他偏于成熟，但的确是个写文字的好料子，如果少一些血腥，说不定，他有可能成为一代文豪。

　　1953 年，他考上了秘鲁大学主修文学与法律，在这期间，他接触了许多外国名著，开始尝试着写出一篇同样伟大的作品，却由于涉及政治与法律而被当局认为不可理喻，他差点失去了写作的权利。

迫于政治压力，他开始长期留学欧洲。他的确不是一个乖巧的孩子，在短短的五年时间里，他跳跃了剑桥大学、伦敦大学、美国哈佛大学与哥伦比亚大学，但他简直是个怪才，在每个大学，他都能以优异的成绩而毕业，并且得到老师与同学们的高度赏识。大家都不知道他的心思，他一直在捞取属于自己的人生资本和政治资本，他一颗脆弱的心灵下面竟然埋藏着另外一颗滚烫的从事政治的野心。

在留学期间，他的文学创作并未停止，他所涉及的体裁偏向于反抗和独裁，就像他的性格一样放荡不羁，渴望自由、介入政治成了他文学创作的独特魅力。他的这些作品传回国内时，竟然得到了一些"极右"势利的支持，这正符合他那颗狂放颤抖的心，他甚至在夜晚时分，望着镜子中的自己狞笑，他喜欢自己狞笑的样子。

时间来到了 1987 年，他回到了秘鲁，组建了一个新的政党"自由运动组织"参加总统选举，他将自己的作品极力宣传给选民，主张全面开放的市场经济，但流年不利的他惜败给了对手藤森，他的人生跌入了低谷。

在其后的一段时间内，人们很少见到他，有人曾经在河边看到低头沉思的他，他很想将自己的身躯置入冰凉的河水中，但河水并不喜欢他；他也曾在树林里寻找一棵歪脖子树，想用一套绳索将自己完完整整地送往天堂，但歪脖子树被他宠大的身躯压折了，他连死亡的权利也失去了。

像他这样的失败者在冰冷的历史长河中数不胜数，多少英雄在一念之间结束了自己短暂的人生旅程，但庆幸的是，他在另外一棵歪脖子树下面停了下来，他被这棵树优美的身姿迷住了，他想到了诗，想到了美，想到了自己曾经一度放弃的文学。他在后来的《水中鱼》中这样写道：现在看来，没能获胜却意味着一种精神解脱，我要设法通过写作参与政治，我可以成为语言文字里的总统。

这个叫略萨的坏家伙，开始发狠心鞭策自己，在他失意于政治的短短几年时间内，先后写出了《城市与狗》《绿房子》《谁是杀人犯》等经典政治作品。

2010 年 10 月，上帝终于垂怜了他，一朵叫诺贝尔文学奖的花落在他的枝头上，瑞典皇家学院对他的评价是：对权利机构进行的细致地描绘，对个人的失败、抵抗和反抗给予了犀利的叙述。

一个一度失败的英雄在文学的花园里找到了自我，他的成功可以告诉我们：千万不要在一棵歪脖子树上吊死，我们可以寻找另外一棵。

垃圾桶与一个城市

　　一个流浪的设计师，在一家旅馆内住了下来，他正在进行一场设计工作，以应征上海世博会法国国家馆的设计方案。

　　他起草了无数个方案，内容当然要与城市生活有关，但都被他一一放弃了，不是内容不新颖，就是觉得与以前的许多设计方案雷同。夜晚时分，他失眠了。

　　他吃了些安眠药，好不容易使自己睡下来，但黎明时分，他突然听到了一阵阵嘈杂的敲击声，他愤怒地站起身来，冲下楼去，他看到了一大群孩子们，正在奋力敲打一个垃圾桶，垃圾桶发出难听的声音，刺激着他的耳膜，他的愤怒在刹那间加剧。

　　他冲了过去，想使他们的胡闹停下来，但孩子们开始与他捉迷藏，他追了半天工夫，结果累得一塌糊涂。

又一个黎明时分，孩子们如约而至，他们好像是故意这样做的，目的就是为了报复他，设计师忍受不了这种声音，便索性用棉花堵了耳朵，但声音依然萦绕耳畔。

但突然间，他却闻到了一股烤羊肉的味道，他飞奔着下楼去，却意外地发现，在垃圾桶的旁边，有一些顽皮的孩子正在烤羊肉吃，时光瞬间穿梭在设计师的脑海里，羊肉串的香味引发的嗅觉、纷杂的垃圾桶产生出来的听觉、觥筹交措间的视觉、手指间微疼产生的触觉，令他心驰神往，如果再有一个品尝式的味觉，就更好了。他为了找到灵感，花一法郎买了孩子们一串羊肉，当他将羊肉放进嘴里的瞬间，他有一种被时光复制的感觉。

五种感觉正是中国人的灵感体验，而这五觉正是体现了城市的感性，对，就叫做"感性城市"。他一挥而就，迅速地将这种灵感融入到自己的设计方案中。

一个月后，他收到了法国总统府的通知，他的设计方案被法国总统萨克齐看中，成为上海世博会法国国家馆的官方法定方案。

谈到自己的设计灵感，法国国家馆的总设计师菲利耶十分激动，他介绍说："五感体验"并不是以区间分割的，而是同时融合在整个展览之中，也许观众可以边看法国时装表演，边闻法国香水，边品尝美食。

谁也不曾想到，这么伟大的设计方案，灵感竟然来自于毫不起眼的垃圾桶。城市中的任何一种元素，大到伟岸的摩天大楼，小到卑微的垃圾桶，都能为创作者带来灵感。也许有一天，没准一个小小的垃圾桶就会带来一个城市的兴衰。

世上本无
黑色的花

　　他从小就表现出极为活跃的运动能力，有一次，他恶作剧似的将父亲的帽子里塞满了狗屎，父亲发现后追打他时，发现他跑得比狗还要快。

　　为了他的将来，家境贫寒的父母还是将他送入了体校，但这需要花许多的钱。父亲是个生意人，每天风里来雨里去的不着家，但收入却甚微，母亲为了他白天去扛麻袋，晚上时分坐在油灯前给富人家缝补衣服。

　　但这一切，他似乎没有感觉到，他只是若无其事、信马由缰地按照自己的年轻思维去逃学、缺课，直至有一天，父亲站在他的面前询问他的成绩时，老师将一份极为糟糕的成绩单甩到父亲面前，父亲看后，痛苦不已，揪着他的耳朵回转家园。

　　他不得不被父亲软禁在家里闭门思过，他的工作就是去叔叔的花园里侍弄鲜花，那儿缺少一个花匠。

叔叔是个很幽默的人，给他开玩笑说学成回家了？他没好气地埋怨叔叔。

叔叔说道：你看看这些花五颜六色、姹紫嫣红的，可你见过有黑色的花吗？

有呀，他不假思索地回答着：墨菊呀，我见过的，它是黑色的花。

你错了，孩子，它并不是黑色的花，它应该属于深紫色，说着，叔叔将他领到墨菊面前，他弯下身去，仔细地端详后，恍然大悟。

叔叔，为什么这世上没有黑色的花呢？难道是不好看吗？他弯着小脑袋问叔叔。

这是长期适者生存的规律。花儿也是一种有灵性的生物，黑色容易吸收太阳光，而过多的太阳光会将花蕊晒伤，为了防止自己被晒伤，时间久后，它们逐渐淘汰了黑色的花素，而转变成了其他颜色，就是这些，孩子。

他似乎有所感悟，低着头不吭声。

叔叔转移了话题：孩子，世上本无黑色的花，世上也没有绝对黑色的人生，所有的困难、黑暗都是相对的，拨开了黑云，你就会发现阳光，战胜了困难，你就可以取得成功的绿宝石。人也必须学会适应自然、社会和生命，等到你的奋斗到达理性状态后，你就会发现，黑暗早已经远远地躲开了你，你收获的都是色彩缤纷的花，就像那些花儿，抛弃了黑暗，坚强地绽放着。

这个叫博尔特的孩子哭泣着离开了叔叔的花园，他找到了父亲，给父亲立了一份契约，如果不成功，决不返回家园。

天道酬勤。博尔特所取得的成功是空前的，绝无仅有的。2008 年北京奥运会上，他连续创造男子 100 米和 200 米的世界纪录；2009 年，他更是以提高 0.11 秒相同的成绩打破了男子 100 米和 200 米的世界纪录，成为史上第一人。

世上本无黑色的花，世上也无绝对黑暗的人生。

在水上绘画的孩子

　　年仅 9 岁的孩子吉姆看了一本童话，里面讲述了一个想在水上绘画的孩子，并且他取得了成功，赢得了大家的尊重和认可。

　　吉姆自幼喜欢绘画，曾经在田野里信手涂鸦，他在田野里画了一条 3 公里长的彩幅，被当地的老师予为绘画天才，而当他将这则消息告诉父母、亲人和老师时，大家纷纷摇头表示反对，水上怎么可能绘画，这简直就像是讲天方夜谭般的神话。

　　吉姆却认真起来，在父亲的鼓励下，他来到湖水边上，他挥着彩笔一蹴而就，湖水只留他一片波纹后，彩色化为乌有，他怔了半晌后，突然间放声大哭起来，在他看来，童话与现实出现了反差。

　　吉姆 13 岁时，到纽约的一所美术学院深造，他将这个问题问老师时，老师也不置可否，不过，他给吉姆提了醒，说水上是不能够作画的，但你可以在冰上画，纽约的冬天到处都是湖冰，你可以在那上面画出最精彩的画。

14岁那年，他向大家宣布：要在贝加尔湖上画出世界上最大最长的一幅画。

这则消息有些振奋人心，也吸引了众多同学的注意力。

但征途并非一帆风顺，第一幅画完成一半时，冰突然出现了裂缝，险些让他葬身鱼腹与冰海，他为此痛哭流涕。

第二幅画在16岁那年开始制作，那一年，贝加尔湖的冬天十分寒冷，他约了诸多同学们，星夜兼程，废寝忘食，但在画作基本上完成时，一伙土匪袭击了他们，他们不仅糟蹋了画作，还将他们劫进了一座山洞里。幸运的是，歹徒在抢光了他们身上的钱财后，将他们扔在了冰天雪地里。

这样的梦想一直缠绕着吉姆，沉重的打击并没有使他颓废，相反地，他坚定了信心，要在冰层上制作出一幅让世界刮目相看的画作。

时间来到了2010年8月，这一次他没有让世界失望，他在贝加尔湖上创作了一个面积达23.31平方公里的巨型几何图形，他也打破了他本人于2009年创造的世界最大艺术品纪录。

人生就是一面大型的画布，每个人都在上面尽情渲染着自己的激情和梦想，只要我们永不停歇，奋勇向前，我们就一定会像吉姆一样，绘出一幅绵延一生的巨幅画作。

让跑在你前面的人打破纪录

1966 年 11 月，前苏联吉尔吉斯斯坦共和国奥什市某中学，一年一度的校运动会拉开了战幕，目光聚焦在马拉松赛场上，女子比赛正在进行，报名者极少，只有三个女孩子，这样的比赛裁判员超过了运动员。

现场围观了许多学生和群众，三名运动员正蓄势待发，其中一个女孩子名字叫做奥通巴耶娃，她身材中等，体形稍瘦，是三名学生中最有实力的选手，大家对她抱以热烈的期待。许多同学热情地支持她，并且在沿途上设置了蓄水点，以便她可以及时补充能量。

因为考虑到学生的体力，整个赛程缩短至 8 公里，没有执行国际比赛规定的距离。

比赛开始了，三名运动员马上分出了高低，奥通巴耶娃体力好，遥遥领先于其他两个同学，在跑到 2/3 距离时，她已经领先第二名一百余米。

在离终点还有两公里左右时，她感觉自己的体力下降很厉害，口干舌燥，脚下如灌了铅般地沉重，意识告诉自己，她今天后半路的状态欠佳，正在此时，后面的一位同学超越了她，她鼓足勇气跟了上去，但还是与对手差了半臂距离。

奥通巴耶娃感觉口干舌燥，她想喝水，本能地，一位同学送给她一瓶水，她喝了几口后，准备扔到地上，这也是长跑运动员的一种习惯姿态。

出乎所有人的意料之外，她竟然将那瓶水送给了跑在她前面的同学，一切发生在瞬间，周围的同学惊呼着，那名同学接过水瓶，喝了几口后，扔进了旁边的稻田里。

比赛的结果可想而知，那名同学由于及时补充了营养，破天荒地打破了校马拉松的运动会纪录。

同学纷纷责怪奥通巴耶娃，不该送给对手那瓶水，正是那瓶水救了对手。

她接受校杂志采访时说道：我已经感觉不行了，体力不支，即使是补充水分也不可能战胜她。我想帮助她打破纪录，要知道，这个纪录已经二十余年没有人打破了。

帮助对手赢得比赛，奥通巴耶娃的行为在学校内部一石激起千层浪，有人说她傻，有人说她善良、大度。

这个叫奥通巴耶娃的女孩子，毕业后踏上从政征途，她先后担任过吉尔吉斯斯坦外交部长、反对派领导人，并且领导过"郁金香革命"。视对手为朋友，这是她一贯坚持的人生原则，这也使得她无论在朋友中间还是在对手中间都赢得了良好的口碑。

2010年7月，吉尔吉斯斯坦发动骚乱，奥通巴耶娃临危担任吉尔吉斯斯坦过渡时期总统，她成为吉尔吉斯斯坦名符其实的掌门人。

即使你赢不了比赛，至少可以让跑在你前面的人打破纪录。这也许是她成功的要诀。

瞄准月亮的弓箭手

1967 年 3 月，波兰华沙第一小学初中一年级某班，体育老师波尔正在为大家布置今年的体育任务，今天进行的是铅球项目。由于年底要进行铅球项目的统考，因此，他要求每位同学根据自己的实际能力上报铅球的完成距离。

下课时，同学们上交了一份目标单，大家所报的目标十分保守，有的甚至比基准分还要低出许多，波尔一边看着，一边皱着眉头，他深深地感觉到大家的体质和心理明显存在问题。

但接下来，他看到了一份意外的目标单，上面赫然写着目标距离：11 米。

要知道，男子铅球的达标距离是 8 米，大家的心是一致的，尽量靠近 8 米的距离，但这个孩子所报的目标值却是如此之高，这不得不令波尔感到咋舌。这一定是个调皮的孩子，要知道，这是个世界冠军才敢报出的目标距离。

他看到了孩子的名字：科莫罗夫斯基。

他示意他留下来，他有话要与他讲。

他看着孩子的脸，他十分瘦弱，带着这个年龄段孩子少有的成熟与深沉。在交谈中，波尔了解到，他家境一般，父亲与母亲离异，是个典型的缺少关爱的孩子，他可能没有意识到事情的严重性，要知道，这个目标值虽然不是基准测试值，但需要备档的，会影响到孩子的年底成绩，目标值报得过高，就意味着要付出百倍的努力，他不想让孩子承受太大的压力。

他将想法告诉了他，劝慰他应该从实际出发，但孩子却意外地说道：目标值如果给得太低，我就会失去前进的动力，我想我可以接近目标值的。

接下来的几堂体育课，这个孩子依然坚持着自己的观点，他给出的其他项目测试值依然比其他同学要高出许多。波尔想到孩子的话后，他选择了鼓励而不是阻挠。

孩子在体育课时加倍努力，他目光炯炯，仿佛有用不完的智慧与力量。但他的成绩实在太糟了，身体脆弱，加上性格内向，使得他缺少许多与大家的沟通，有些正确的姿势还没有掌握好。

这个叫科莫罗夫斯基的孩子，没有因困难而浅尝辄止，而是利用休息时间来到操场上，波尔有好几次看到他熟悉的影子，他十分用力，将铅球一次次掷向目标值，虽然与目标值仍然有太大的距离。

　　年底考试时，这个孩子破天荒地将铅球掷出了 9.5 米的距离，这个成绩，在所有初中一年级测试中最好。

　　波尔兴奋地告诉了大家孩子成功的秘诀：将目标定得更远大些，让自己的潜力充分发挥出来而不是停止不前，目标定得越远，成功的概率就会越大。

　　这个叫科莫罗夫斯基的孩子，从小就将目标瞄准了总统的宝座，他在小时候的日记中这样写道：将总统这个位子变成有爱、有感情的角色。

　　上帝垂青于目标远大的人，心有多大，上帝赐予你的权利就有多大。

　　一向以温和著称的科莫罗夫斯基于 2010 年 7 月 5 日成功当选为波兰新一届总统。

　　瞄准月亮的弓箭手，总比瞄准树木的人射得高。

为失败做一次庆典

1974年冬季的某一天，华盛顿州立博物馆设计效果揭标仪式正在如火如荼地进行着，三个大牌的设计师联手与一名年仅 20 岁的年轻人同台角逐，大多数人认为：年轻人提出的理念新颖，概念广泛，充分展示了年轻一代的昂扬斗志和朝气蓬勃。

但揭标的结果却令众人大跌眼镜，在三名大牌设计师的意料之中，年轻人未能获得最终的胜利，评审组的一致意见认为他的设计缺乏人文理念，三名大牌设计师联手设计的理念可以代表整个华盛顿的形象。

夜晚时分，华盛顿市最大的一家餐馆里，正在进行一场声势浩大的庆典，庆祝三名大牌设计师最终夺得博物馆的年终设计大奖，年轻人也被荣幸地邀请在列，但他没有前去参加，失败的阴影缠绕着他年轻的心扉，他有些绝望地想发疯。

他是个有朝气的设计师，由于设计华盛顿大学的礼堂而声名鹊起，一路走来，顺风顺水，夺得过许多大奖，但今天的失利使得他感到在众人面前丢了脸，他甚至想到了死亡。

电话响了，是母亲的电话，她邀请他到一座咖啡厅里，说会给他一份惊喜。

他如约而至，他好想扑到母亲怀里，向她倾诉一下失败后的感受与苦衷。

当他推开咖啡厅的小门时，他见到母亲衣着华丽地在门口等着他，还有无数的迎宾小姐，她们纷纷上前来向他献花，母亲的身后，瞬间出现了许多熟悉的面孔，有亲戚、有朋友，还有自己设计专业的师傅们。

他一时间无语凝噎，不知道是喜还是悲？

母亲却突然说道：孩子，今天为你做一次失败庆典，你已经迎来了平生第一次失败，应该祝贺你，学会面对失败才能奋起直追，这是人生的必修课。

那晚，他无疑是整场庆典的主角，他要感谢母亲，用这样一种庆典告诉自己失败不是丢脸，不是丧失尊严，而是人生中多么宝贵的一笔财富。

这个叫鲍勃·罗杰斯的年轻人于 1981 年创立了 BRC 公司，它是世博会美国国家馆的专业设计公司。BRC 公司先后参与了 6 届世博会美国国家馆的设计工作，鲍勃·罗杰斯因为工作业绩卓著,被授予美国主题娱乐协会终身成就奖。2010 年,他担任上海世博会美国馆的总设计师,他用伟大的创意讲述了一个关于美国不朽创业精神的故事。

为失败做一次庆典,这需要多大的勇气、力量和智慧?

在月亮上跳舞的孩子

　　一个其貌不扬的男孩子，就坐在教室的最后一排，他对讲台上查尔老师滔滔不绝的演讲不屑一顾，而对手中已经制作好的个人图画本爱不释手，想趁某个痛快的时机，大快朵颐一场。

　　查尔老师终于对这个顽皮学生的卑劣行为感到痛心，当他高大的身躯出现在男孩子面前时，他依然我行我素着，一点都没有将查尔的高大和威猛放在眼里。

　　查尔的手与男孩子的手碰在一起，刹那间，电光火石。男孩子知道噩梦降临了，他本能地想将图画本从查尔老师的手中抢走，但太晚了，查尔老师擎住那本图画书，像一只箭一样被男孩子射到了讲台上。

　　这就是你们差生的恶作剧，他怒视着班里的每一名孩子，包括那个刚才还不可一世的男孩子，他继续讲着：我倒想看一下，他在图画本上画了什么，是一幅伟大的作品吗？

查尔说着，将图画本打开，第一页有一幅图画，标题是《在月亮上跳舞的孩子》，画中的内容大体是：一个孩子正在月球上跳舞，由于失重，他的身躯倾斜着，他需要维持住快要栽倒的身体，并且，他的鼻子上还戴着一个氧气罩。天哪，他竟然知道，月球上没有氧气。

查尔老师的鼻子快要气弯了，他一扬手，要求大家传看这幅作品，问大家有何优势可言，值得牺牲我一整堂的时间？

大家看了以后，纷纷捧腹大笑，回过头来看时，那个男孩子早将头深深地埋进双腿中，眼泪肆意横流，脚下瞬间成了一片伤心太平洋。

"就是他，他是个想在月亮上跳舞的孩子。"以后的每一堂课或者是课间，同学们都会捉弄他，笑话他，大年级的人会笑他是痴人说梦，异想天开罢了。

这个孩子回到家里，将在学校里受尽的白眼告诉了自己的父亲，父亲是个建筑设计师，曾经设计过许多高不可攀的大型建筑，他劝孩子道：相信自己，你可以做一个在月亮上跳舞的孩子。父亲鼓励他在图画方面继续发展，甚至决定将他送入芝加哥的美术学院。

但命运阴差阳错，人生风云际会，充满变术，他却没能将图画事业进行下去。一个偶尔的时机，他喜欢上了建筑设计专业，并且耳濡目染于父亲高超的设计才能。

　　2010 年初，一座世界上最高的建筑在阿联酋的迪拜落成，它全高 700 米，成为与月亮最近的地球建筑，它的设计师叫艾德里安·史密斯，正是那个当初想在月亮上跳舞的孩子。

　　在月亮上跳舞，这是怎样的信念与理想呀，却差点被流言摧毁，被泥流侵蚀。

　　谁能说他没有实现自己的理想？能够亲手设计出世界上最高的建筑，能够站在迪拜塔的最高层独舞，他俨然已经成了一个名符其实的月亮天使。

　　触手可及，尽是高度，肌肤所近，依然风尚。

第三辑

给自己 一记耳光

没有人愿意给自己一记耳光，因为所有的孩子们都怕疼痛。可他们不清楚哟，耳光也是一道清醒的良药，在望而生疼的同时，滋生出奋斗的火花与爱的力量。给自己一记耳光吧，世界将因此醍醐灌顶。

用『噪声』对抗噪声

西班牙巴塞罗那是全世界有名的噪声城市，它的主要噪声来源于夜晚交通、城市建设和娱乐场所，城市曾经下令延缓城市建设的发展，但这无益于解决城市的未来化发展方向，许多议员说这样的措施是"因噎废食"，所以便无疾而终。

一个叫巴尔的城市一员，喜欢养鸟，开始时只是养一两种可爱的鸟赏玩而已，后来，他发现一个奇怪的现象，噪声越大时，鸟叫的声音会随之加大，而鸟的叫声总比外面传来的噪声要亲切、舒缓得多，这是一种大自然奉献给人类的天籁。

他喜出望外，开始增加鸟儿的养殖种类。2010 年初时，他的鸟儿已经遍布整个小区，它们在每天清晨时分外卖命地歌唱，在夜晚时分则形成一道悦耳的音符。鸟儿的叫声给小区内的市民带来了无穷无尽的欢乐。

　　附近的报纸报道了巴尔的这种抵抗噪声的方式，大家纷纷建议政府应该采纳巴尔的意见，在巴塞罗那市养足够多的鸟儿。

　　但事情并非进展地一帆风顺，中间出现了许多波折，政府派遣了有关噪声方面的专家进行论证，他们发现鸟儿虽然能够抵抗噪声，但它同时也在产生新的噪声，如果用"噪声"抵抗噪声，那效果没有从根本上改变。

　　巴尔不服气专家们的说法，他提出了反对意见：鸟儿的叫声如果是噪声，那么全世界就没有音乐而言了，舒缓的夜曲也是噪声，交响曲也夹杂着狂乱，B 大调中也有狂风骤雨，那人们为什么不爱听汽车产生的噪声，而是喜欢音乐呢？

　　辗转一年多时间，巴尔的建议最终还是通过了投票。2011年 4 月，西班牙巴塞罗那市通过政府议案：同意多养殖鸟儿，来对抗城市的噪声。

　　巴尔因此被巴塞罗那人评选为"噪声学家"，建议专家们应该多向巴尔学习实践经验，而不是每天坐在办公室里"闭门造车"。

为伤害松鼠道歉

加拿大魁北克省蒙特利尔，时间是上个世纪 60 年代，政府为了吸引外资，扩大生产规模，准备将蒙特利尔郊外的一座山夷为平地，政府对住在附近的山民们实行高额补偿，也就是说，他们在一夜之间，就能够成为百万富翁。

但有一户人家，主人叫卡尔，他却拒绝接受政府的夷山命令，大家都以为他不满意政府的补偿标准，劝慰他要知足常乐，但他在接受当地的一家报纸采访时却这样解释：

山上住着许多松鼠，多年来，它们已经形成了自己的食物链，它们与人类和平相处，一旦将山夷为平地，松鼠们便失去了赖以生存的家园，他之所以拒绝，并不是为了自己，而是为了松鼠。

报纸刊登出这则消息后，大家才知道，卡尔是一位生物学家。大家纷纷传言这件事情，有的说是危言耸听，不就是一群松鼠吗，政府征地也是为了当地的经济发展，利大于弊吧；有的则说可能是卡尔的缓兵之计，他这样说不过是为了得到更多的补偿罢了。

政府出面协调，卡尔却拒绝搬离，并且要求政府还松鼠一片安宁之地。

政府在多次劝告无果的情况下，实施了强制拆迁，将卡尔的家夷为平地，然后便开始搬离整座小山。

卡尔站在街头裸露着身体，他强烈抗议政府的嚣张作法，说会为这次行动而付出沉重的代价。他与家人搭起帐篷呆在小山下面，他说是为了收留流离失散的小松鼠。

大家不以为然，但小山夷为平地后，成群的松鼠无家可归，它们纷纷跑到附近的农户家里捣乱，并且有相当一部分流窜至蒙特利尔市里。

在某个清晨，当大家打开玻璃窗户，却突然间发现原本居住的城市突然间闯入了一群不速之客，成群的松鼠，集结在一起，它们破坏交通线路，占用公用设施，甚至跳至游人的面前，威胁人类的安全。

政府出动了警察，却没有办法，因为加拿大明文规定：不准猎杀松鼠。

有人想起了卡尔，认为他是位生物学家，当初他曾经反对过此事，他一定有良策。

　　卡尔接到政府的邀请后，提出了两个办法：恢复原来的小山，并且在报纸上向受了伤害的松鼠道歉。

　　蒙特利尔市政府采纳了卡尔的建议，接下来，用了将近半年时间，他们恢复了原来的小山，松鼠重新回到了原来的生活。

　　不仅如此，蒙特利尔市报上刊登了市长的道歉信，道歉信的题目叫做《为伤害松鼠道歉》，市长坦承地承认了政府的过失，并且会吸取这样的经验和教训。

　　如果你现在到了蒙特利尔市，如果有一只松鼠跳到你的面前，你千万不要抬起脚来将它一脚踢开，因为你可能会触犯加拿大的法律，你不仅面临着坐牢的危险，而且还要向每一只被伤害的松鼠道歉，直至它们原谅你的过错。

让一只猫行使否决权

　　1945 年 4 月 2 日凌晨 3 时许，一只由二十人组成的英国逃亡队正悄然撕开柏林无边的炮火黑幕，他们想跨越德军的占领区，然后逃亡到他们不知道的安全地带。

　　他们刚刚经历了一场战争，而战争的结果便是几百人的队伍瞬间死伤无数。上校德尔是这队残缺士兵中的唯一一位首脑级人物，他目光敏锐地望着前方的黑夜告诉大家：扔掉所有的物品，干粮和枪枝，因为这些东西会给我们造成负担，逃亡要有个逃亡的样子。

　　他们狂奔了好长时间，等到天边放出光亮时清点人数，发现只剩下十二个人，与他们在一起的，还有一只不知名的小猫，它可能是受到了惊吓，远远地躲着看他们十二个人，看到他们的确没有敌意后，它卧在草丛里打着哈欠，它可能是一只野猫，受到了枪枝的骚扰。

前方出现了叉道，大家迷了路，而周围仍然时而会有一些流弹惊扰着这片森林的美梦，他们疲惫不堪。

不能再走了，德尔告诫大家要镇定，保持沉默，就地休息。

许多士兵们开始挖掘路边的野草充饥，他们已经饥不择食，有些人干脆在一株小树前卧倒，不大会儿工夫便鼾声如雷。

不能在此地多做停留，德尔睡了一会儿大声训斥着大家，十二个人围座在一起，有的人干脆说道：我们投降吧，与其这样逃亡，还不如让德军的子弹射穿我们的脑袋。

闭上你的臭嘴，德尔像一只受伤的猴子吼叫着：我们需要活下来，总有一天我们还要回到英国的土地上，那里有我们的父母兄弟和姐妹。

现在大家有一个抉择，两条路，往哪儿走，大家开始投票吧，以最公平的方式决定我们的生命。

上校先生，一位满脸是伤的士兵说道：我们根本不知道这是什么鬼地方？让我们如何选择，难不成让大家瞎猜吗？

听着，大家毫无选择，只有凭最初的印象来判断了，我相信群体的智慧是无穷无尽的，相信自己，拿出你最宝贵的选票来。

大家胡乱地说出来自己的选择，当德尔将最后的结果公布在地面上时，他惊呆了，支持向左边逃亡的六票，支持向右边逃亡的同样也有六票。

　　真的见鬼了，德尔也愤怒起来，难道真的让我们死在这儿吗？没有粮食，没有酒，没有面包，没有睡觉的地方，德尔愤怒地将树枝在地面上乱抽着，那只野猫闻风而动，它吱吱地叫唤着，似乎对他们的表现不太理解。

　　德尔看到了猫后，眼神中流露出一丝惊喜，来吧，朋友们，让这只野猫行使一下否决权吧，也许我们会有转机的。

　　德尔兴奋地告诉大家，然后用手驱赶着这只猫，猫十分惊慌，开始时向两边的山林里乱窜，后来见无路可走，它绕道来到两叉路口，它犹豫了好大会儿，似乎是在寻找自己可以选择的路途，它不停地闻着地面上的气息，直至它沿着右边的道路下去了。

　　从右边走，德尔冲着大家说道。

　　没有理由可讲，大家知道这种抉择的艰难与紧迫性，不知过了多外，他们终于看到了远方有一座村落，村落上方挂着盟军的旗帜，他们脱光了衣服，搂在一起欢呼雀跃。

　　说起这段难忘的经历，德尔在二战后曾经向记者讲述了这则故事，有些记者问他是不是侥幸，当时那么多的人生命压在一只猫的身上，这样做可靠吗？

　　德尔却一脸自信地告诉大家：在野外，那儿属于它们的地盘，它比我们更加认识路，知道哪儿安全，哪儿危险，在那种情况下，猫的选择是唯一的，是可靠的，我们将唯一的否决权交给了一只野猫，不仅仅是对于一只猫的信任，更是对大自然恒定法则和生态和谐的一种信仰。

　　德尔回转家园后，致力于伺养野生动物，在他居住的荒山上，住满了各种可爱的野生动物，它们都是他的贵客，决不容许任何人侵犯它们的权利。

道一万次歉

2000 年夏天，美国底特律市郊区小镇韦恩镇，这个小镇方圆百里，大约有一万多人，人民生活和谐。但这天早晨，突然一股奇异的花香弥漫了整个小镇，这种花香时散时浓，让人有一种不祥的预兆，人们奔走相告，觉得这座小镇可能遭受了某处奇异力量的袭击，大家应该及早逃命。

消息越传越盛，这座万人空巷的小镇一时间甚嚣尘上，人去楼空。

政府出动了武装力量，帮助疏散人群，直升机飞到半空中，侦察是否有外敌入侵，美国联邦调查局很快介入了此次事件当中，他们要查出此次案件的幕后元凶。

韦恩镇镇西的一家里，孩子伯尔当正在自己的房间里收拾行装，母亲示意他赶紧要离开此地，因为会有危险发生，伯尔当却不以为然，告诉母亲这种香味没有毒的，只不过味道浓了点罢了。

细心的母亲好像发现了端倪，儿子平日里喜欢各类香水，曾经收集过大量各国的名贵香水与香料，他还发誓要制造出世界上千里传香的香水来，从而使自己的成就超越法兰西香水。

母亲问儿子，你知道这香味的由来吗？

儿子没有马上否认，只是低头不语，很快地，母亲进了他的房间里，发现一种平日里少见的香草木正在摆在儿子的窗台上，风儿吹过时，香味缭绕，欲将人的魂魄勾摄出来。

原来你就是这件事情的始作俑者？母亲怒火中烧，一把抓住儿子要去投案自首，儿子反驳道，美国没有法律不允许散播香味呀，再说了，这叫千里香，一点儿毒也没有，法国的名贵香水中就有这种原料，我这不是犯罪，是在净化空气。

狡辩，你知道这件事情的恶果吗？你破坏了社会安宁，搅乱了社会秩序，现在人人自危，我不想让别人认为：由于我的怂恿，才使得整个小镇失去安宁，失去和平。

母亲整整思索了一个晚上，她喝了许多酒，在理智与失控的边缘上思忖着该不该将儿子交出去，一旦交给美国警察，自己的儿子就可能面临终身监禁的危险，那么，他的下半生将会呆在监狱里，可是，他犯了错误，犯错就要勇于承担，否则这不符合平日里自己的教育法则。

终于，在第二天凌晨时分，她推开了儿子虚掩的房门，却意外地发现儿子不见了，难道他是临阵脱逃了吗，母亲痛不欲声，准备去警察局替儿子自首。

到达外面时，才知道，元凶已经投案自首了，警察局里，伯尔当正在陈述自己的观点，并且将千里香交给了警察局长。

千里香被鉴定的结果是安全的，大家长出了一口气，但接下来，伯尔当却面临着被起诉的风险，因为他危害了社会秩序。

母亲一直在向法官求情，说自己儿子年幼无知，并且他是出于无心之过，法庭最后审判时这样下了结论：如果想免于监禁，需要求得社会各界的原谅，限他们在一个月之内弥补这样的过失。

第二天一早，人们看到一位沧桑的母亲，拉着儿子在大街上向路人道歉，韦恩镇一共有一万人，他们需要道一万次歉，并且获得一万次原谅才可以。

许多有同情心的人原谅了他们，他们在母亲的留言簿里签了字，表达自己原谅的观点。

但有一些人发疯似地抓住了伯尔当，认为他是故意在挑衅这个社会的容忍底限，一位父亲说道：我的儿子刚刚出生，我不知道他会不会受到污染，要知道，他还是个孩子，你怎么忍心这样做？

解释已经不再需求，伯尔当愧疚地跪在那位父亲面前，只言不发，双手举着留言簿，他们僵持了半天时间，最后那位父亲甩手离开了他，留言簿上他这样写道：他像极了年轻时的我。

在二十多天时，他们已经征得了九千多人的原谅，但还有人离开了韦恩镇，他们或出去打工，或者是逃离现场一时间无法回转。

母亲拉着儿子，逐个给留有电话的人打电话，如果他们不方便，母亲会带着儿子坐车前去另外一个城市请求他们的签名。

终于，在一个月的时间里，他们道了一万次歉，法官原谅了伯尔当，母亲带着儿子给现场所有的人鞠躬致歉。

当地的报纸报道了此事，这引起了一位法国香水设计师的注意力，他辗转找到了伯尔当，考察了他的简陋实验室后认为：伯尔的实验室缺少密封装置，不算一个正规的实验室，他愿意提供资金，将这里建成自己在美国的实验工厂，伯尔当成了名符其实的香水设计师。

向一万个人道歉，不仅是对每一个受伤害人的尊重，更是一种别离了世态炎凉的暖，一种脱离了现实无奈辛酸的爱和感恩，是向生命顶礼膜拜的至高境界。

您好，总统先生

1940 年的黄昏，一个叫柯尼的美国少年正在收听广播中的信息，广播中刚刚宣布了一则重大新闻：罗斯福蝉联美国总统。

柯尼家境贫寒，唯一的父亲在战祸中去世，他痛恨战争，觉得政府无能，年少的心中充满了对现实的无奈与讨厌。于是，他产生了一种想法，他要写一封信给美国总统罗斯福，除了表达自己的想法外，也想给罗斯福一种戏弄。

您好，总统先生，得知您当选了总统，是否可以送给我100 美元？要知道，我的父亲刚刚死于战祸，却从未得到任何的补偿，我也是您的选民，您有责任帮助我。

这封信投进了信箱里，信的表皮上只写着富兰克林·德拉诺·罗斯福收，并没有写任何的地址，但信封的右下方却写着柯尼的地址，显然，柯尼对 100 美元充满了期待。

信的字迹充满了幼稚，明眼人都能够看得出来，这是对当局者不满情绪的发泄而已。

信被一个叫爱尔的邮差发现了，他每日照例去收取信件，然后通过邮局邮向四面八方。在检索时，爱尔发现了这封奇怪的信件，显然，这封涉及政治的信件并不符合美国的法律，它可以被当即清除出去，但爱尔感觉这封信十分沉重，觉得意义非凡，想了会儿，他在信封上添了地址：美国华盛顿白宫，毅然决然地将信发了出去。

三天后，美国总统办公厅收到了这封有史以来最为奇特的信件，厅长感到十分意外，在检查了没有安全隐患后，他将信直接放在了罗斯福总统的办公桌上面。

罗斯福白天一直在开会，晚上回来时，看到了信，他撕开信封，看到了一则没有署名的信件。

厅长走了进来，说这封信是否没用？是否可以清除出去？

罗斯福笑着说道：这封信是我的朋友邮来的，我需要回信给他。

第二天清晨，厅长将这封回信邮给了柯尼，但由于匆忙，罗斯福忘了将 100 美元装进信封里。

柯尼收到了回信，却没有 100 美元，他十分失望，觉得罗斯福太小气了，信的内容十分简单，大体告诉他要坚强地面对生活，国家正在搜索遗漏的补偿名单，相信你的父亲会得到公正的补偿的。

柯尼于一周后离开了华盛顿地区，因为他想到南方的佐治亚州去投靠自己的姨妈，否则自己会有被饿死的危险。

罗斯福总统又忙完了一天的工作，他回到办公桌前时，发现了自己昨天晚上掏出来的100美元仍然乖巧地躺在办公桌上，他吃了一惊，继而，反应过敏地叫厅长过来。

显然，是他失信于人了，罗斯福的脸上展现了从未有过的焦虑感，没有实现对一个孩子的愿望，这也许是近些天以来，除二战事情以外最大的遗憾了，罗斯福当即下令重新将这100美元装进信封里，邮给柯尼。

半个月后，信却被退了回来：查无此人。显然，柯尼早已经不知所踪。

厅长将100美元郑重地放在罗斯福面前，说道：柯尼显然已经不在原来的地方了，这件事情是小事，二战的事情要紧，总统先生，我觉得您没必要小题大做。

第二天晚上，罗斯福总结照例"炉边谈话"，他谈了民生，谈了世界范围内的大事情，在结束时，他意味深长地讲述了自己与柯尼之间的故事，最后他说道：这没有邮出去的100美元，是自己心中永远的痛，如果能够再见到柯尼，他一定会向他道歉，将100美元送给他。

一个国家的总统，心里竟然装着这样一件微不足道的小事情，一时间，街谈巷闻，传为美谈。

柯尼在姨妈家里听到了罗斯福先生的炉边讲话，他喜出望外地告诉姨妈，自己就是给总统写信的柯尼。

一年后的一天，柯尼回到了华盛顿，他回转自己家园的当天，白宫办公厅便接到了通知。第二天上午，当柯尼还在睡梦中时，有人敲开了他家的大门，罗斯福总统坐在轮椅上，精神矍铄地冲着柯尼微笑，当柯尼接过罗斯福手中的 100 美元钱时，罗斯福笑着回答道：我今天晚上可以睡一个好觉了。

心中装着天下与人民，这是罗斯福执政成功的要诀，正因为他的务实和谦虚，才使他成为美国历史上唯一一位蝉联四届的总统，被历史学家称为美国历史上最伟大的总统之一。

给小偷办保险

法国巴黎市郊区有个村庄叫浮尔村，村里大约有一千余人，本来生活和谐，相安无事，可最近偷盗之风盛起，防不胜防，政府出动了大批警察压制，反而使得小偷与警察形成了对峙局面，一时间，草木皆兵，商家关门闭户，云里雾里。

附近的镇上有一家保险公司，保险公司里只有一个老板和雇员，他们的生意十分惨淡，每日里除了喝茶外，雇员便是与老板协商让自己何时才能够辞职归田，因为雇员实在对这样的生意蹙眉头，他不希望自己的青春就这样浪费在荒原上。

老板马德尔十分郁闷，他每日里到街上游说老百姓，希望他们能够接纳自己设立的保险公司，或者有时候去政府机关，希望他们投资给他，因为自己的资金链早已经到了断裂的边缘。

忽然有一天，保险公司贴出了一则公告：给小偷办保险，大致内容是：小偷这个行业充满了风险，如果办一份保险，则可以帮助小偷们渡过难关，且安全有了保障。

这样吸引人眼球的消息一经登出，便妇孺皆知，当然小偷们耳聪目明，有些好事的小偷便想挑衅一下这个大胆的老板，他们选择在一个周日上午正大光明地进了这家保险公司。

你们需要接受我们的培训，要坚持 21 天时间，这是我们的要求，在此期间，你们不得从事任何与本职业有关的活动，当然，所有的消费归我们公司负责。

小偷们哈哈大笑起来，他们当然不会被这样的大话吓倒，他们签了字，且答应服服帖帖地接受保险公司的培训。

21 天培训开始了，培训课程是保密进行的，没有人知道他们在培训什么，只知道这期间，小偷们的活动有所收敛，村里治安情况有所缓解。

培训结束后，大家看到那些小偷们早已经改头换面，21 天的坚持，使得他们从骨子里接受了一种正式的教育，他们转而成了保险公司的保险宣传人，并且取得了一定的报酬。

大家不相信有这样的奇迹产生，有一些其他小偷便开始报名，不到两年时间，村里的小偷们消失怠尽。

这个叫马德尔的家伙从政府手里取得了一笔可观的投资，因为他答应政府的目标已经实现了。在两年时间里，通过他的教育与培训，小偷们不再成为社会的败类，而是社会的可用之人。

当地报社在采访他时，他解释道：21 天是心理学家告诉我的人们改变习惯的一个周期。在 21 天时间里，我邀请了心理学家、培训专家对小偷们进行心理教育，迫使他们觉得偷盗是可憎的，而通过正式经营才是人间正道。不仅如此，我还邀请了他们的家人前来，没有家人的便邀请他们的朋友游说他们，让他们感到这世间仍然有温暖存在。

给小偷办保险，只不过是一个幌子，马德尔利用这个温暖的借口使得自己的保险公司转危为安，并且取得了当地人的信赖：连小偷都可以转变过来的公司，他们的信任度一定是最佳的。

马德尔如今不仅办保险公司，还开了一家培训机构，专门接纳社会上各式各样的渣滓，许多家长们将自己厌世的孩子们送过来接受培训。

大家的孩子

非洲象居住在辽阔的撒哈拉沙漠上，它们整日里和睦共处、和谐友爱。动物学家们一直想揭开它们能够团结友爱的秘密，但一直没有成功。一个英国的科学家在沙漠中装置了隐形摄像机，拍摄了非洲象共同养育一个孩子的过程：

一旦一头母象接近生产状态，慌作一团的并非是母象的配偶，而是一群象，它们个个如临大敌似的站岗放哨，直至母象平安临盆。它们需要防备野蛮动物的袭击，如果遇到冰雹等强对流天气，它们会将母象护在身子下面，十二头大象组成一个加强连共同维护母象母子的平安。

它们的工作远远没有停止，小象生下来以后，它们的工作反而更加艰巨了，因为这个孩子成了它们共同的孩子。

育奶并非是妈妈一个象的责任，因为小象需要的食品绝非一只母象可以承担，其他母象们会如约而至，共同哺育这个刚刚生下的小生命。

　　在这期间，它们需要一直扶植刚刚诞下的小象正常站立，一只象用鼻子缠住小象的鼻子，让它的前身处于站立状态，一只象托住小象的一只腿，让它学会直立行走，其他象各有职责地共同忙碌着，它们这样互相托扶着至少需要一周左右的时间，其他大象们同时需要保护这些象群的安全，防止其他可能出现的棘手问题。

　　每一个小象都是这样长大的，它们不止一个父亲和母亲，因此它们长大之后，将这种关爱的基因沿袭下来，传递给自己的孩子，它们之间互相养成了互尊互爱的和谐场面，"老吾老以及人之老，幼吾幼以及人之幼"。

　　这个录像也揭开了非洲象能够和谐相处的秘密：互相想着对方，关爱对方，关心别人胜过关心自己。

　　这正是我们人类逐渐丧失的基因。

上帝赐给我们每个人五双腿

美国得克萨斯州有一名小男孩，他的名字叫做麦卡斯兰，他先天性腿部残疾，医生说这种病实属罕见，并且给他下了死亡判决书，也就是说，他存活的基率极低。在他父母的强烈坚持下，刚出生3天的他便接受了骨盆矫正、肠胃和膀胱等15项大手术。庆幸的是，手术成功了，虽然如此，但他的肾脏功能和呼吸系统仍然存在严重的隐患，而且他会伴随着终生哮喘。

但麦卡斯兰却天生坚强，经历了许多同龄孩子不能忍受的痛苦，在当地医院的帮助下，他一岁多一点便被装上了义肢。每天，在得克萨斯的大街上，人们都会看到一个小男孩在寒风中蹒跚着学步，许多行人驻足停留，向他投来鼓励的目光。

就这样，小家伙不可思议地长到了7岁，医生重新为他检查身体各个器官时，发现他的身体恢复得很好，并且呼吸系统疾病有所缓和，这样的结果使得小家伙兴奋不已，他告诉父亲，他喜爱运动，他想参加残疾人奥运会。

口号是这样提出来的，小家伙也是这样子做的。在接下来半年时间里，他又要求医生为自己量身定做了四幅义肢，原来的一幅就是走路用的，第二幅他用来游泳，第三幅是爬山，第四幅是奔跑，最后一幅用来踢足球。

每逢有客人来访时，麦卡斯兰总会向大家展示自己的几幅义肢，他兴致勃勃地向大家讲述自己的经历，说自己冬天就要参加州际残疾人运动会，希望大家鼎力支持自己。

在当年的运动会上，年仅 7 岁的麦卡斯兰一口气参加了六项比赛，他取得了五项冠军，一项亚军，他眉开眼笑地穿梭于运动场中间，旁边紧挨着自己的，就是那几幅义肢，他熟练地操作着它们，各个义肢上面都做了标识，其中一幅这样写着：麦卡斯兰的第二双腿，游泳。

当有记者采访他的父母时，父母说：不管他想做什么，我们都会尽最大努力帮助他完成，尽管他先天深度残疾，但这并不影响他想做自己喜欢做的事情，包括参加奥运会，上帝赐予了他五双腿，他说会好好地感谢上帝，并且让它们有用武之地。

其实，上帝也赐予了我们每个人五双腿，它们的名字分别叫做：坚强、自信、乐观、坚持和勇气。

关注另一只眼

撒哈拉沙漠边缘地带居住着一种威猛无比的动物，叫做"红头鹰"，它的嘴唇微红，它的食物是热带植被里隐藏着的一种叫做"泰鹿"的小动物。

"红头鹰"进攻凌厉，有"万无不挡之勇"，它犀利的双眼不时地紧盯着草丛里的动静，一旦发现目标后，便会以闪电般的速度突袭"泰鹿"的左眼；"泰鹿"通常会招架着急忙用前爪保护自己的左眼，但往往是以失败而告终；左眼遭到死亡性打击后，"红头鹰"通常不会就此罢休，它深谙"泰鹿"的习性，知道它们必定会利用留下的唯一一只右眼找寻逃跑的道路。紧接着，"红头鹰"利用"泰鹿"惊慌失措的良机，将利爪探向了"泰鹿"的右眼，"泰鹿"只顾护着左眼，没想到"红头鹰"会变换招数，等到发现中计时，右眼也觉得刺痛难忍，惊刹间，眼珠子早已经滚到了草丛里。接下来，它痛苦难挡，无法辨认逃跑的出路，便生生地成了"红头鹰"的战利品。"红头鹰"通常会选择将"泰鹿"慢慢地折磨至死，然后拖到自己的山巢里熬冬用，直至春暖花开之时。

距离撒哈拉沙漠二十公里之外的某片沼泽地里，有另外一种鹰，叫做"食狼鹰"。不言可知，它们的主要食物是奔跑在草地里的"野狼"，但"食狼鹰"却逐年呈下降趋势，原因很简单，它们无法捕捉到可口的食物。

"食狼鹰"采取的措施与"红头鹰"如出一辙，好像一个老祖宗留下来的。它们通常会突然袭击"野狼"的左眼，但与"泰鹿"不同的是，"野狼"通常不会去保护自己已经暴露于危险地带的左眼，而是用前爪早早地死死护住自己的右眼，等到"食狼鹰"将"野狼"的左眼成功消灭后，它们通常也会换个角度去袭击它们的右眼，但此时通向右眼方向的道路，早已经被死死地封锁。

"野狼"这样的改变使得"食狼鹰"发现了自己的计划失败了，右眼无法袭击，便索性开始去追杀"野狼"。受伤的"野狼"孤独无助，拼命地奔跑着，它利用唯一的一只右眼探寻着道路，发现荆棘丛便钻进去，"食狼鹰"不服输，硬着头皮朝荆棘丛里前进，结果却是满身伤痕，一败涂地。

只是一种保护角度的不同，却带来截然不同的两种结果，前一种是双眼都被袭击，结果丢了性命；后一种虽然丢了左眼，但却拼命保住了右眼。丢下已经危险的，去保护能够保护的，也许是"野狼"能够逃生的致命真理。

生活中，我们通常会选择保护自身已然血淋淋的伤口，或者是已经被时间和岁月折磨窒息的事物，其实，那伤了、废了、将要结成疤的，绝不是我们费神需要保护的东西，好好地保护住尚且安好的"右眼"，才是"上策"。

每个人都需要一个榜样

　　东京郊区的一所演讲馆，摄氏 40 度的高温。无数学子嘴里不停地骂着这样的天与这么狠心的演讲老师，偏偏安排这么一个热的天让大家听课，并且还有一点，这家演讲馆居然没有采取任何的降温措施。

　　勉强挤进了烦躁不堪的演讲馆里，演讲老师眼望着台下躁动不安的学子们有些无可奈何。他裹着一件衬衣，额头上被大家感染地热汗横流，眼眸中明显有一种被惹恼了的冲动，他不停地拍着桌子，直到大家相对安静下来，然后他准备开始他近两个小时的演讲。

　　环境能够左右人的心态，尽管讲师的开场白非常精彩，但带来的却是稀稀松松的掌声。

　　正当人声嘈杂时，前门被人敲开了，可能是教室里的烦杂掩盖了他的敲门声，他似乎是敲了半天门没有结果后才挤了进来。所有人的目光由老师平移至这一处难得的风景。

　　一个步履维艰的老者，手里拄着一根拐棍，好不和谐的风景，同学们唏嘘起来。他大汗淋漓，脸上却尽是羞涩的微笑，他首先向老师和大家鞠躬表示歉意和打扰，然后说道：对不起，老师与各位同学，我是一名插班生，由于自己的腿不好，刚才在路上摔了一跤，所以来晚了，但我不愿意落下每一堂课程，因为在晚年能够有机会听到如此高规格的演讲已经是我的造化了，我不知道自己能够撑多久，但每一堂课我都会咬牙坚持来的。最后，请大家谅解。

　　他说着，想找个座位坐下来，但演讲馆里早已经高朋满座，他一眼看到最前排有一把被人遗弃的破损凳子，他将凳子立起来，然后艰辛地坐在上面。

　　本来喧嚣的演讲馆顷刻之间静了下来，几乎所有的同学都在回味着刚才老者所讲的话。他就这样安静地坐在立起来的凳子上听了近两个小时的课程，他不停地做着笔记，然后带头给讲课老师鼓掌。期间，有无数个良心发现的同学想让座给他，均被他拒绝了，他告诉大家：我能够坚持下来。

　　接下来的演讲出奇的顺利，刚才热浪滚滚的演讲馆似乎凉爽了许多，同学们笑颜逐开，十分配合地听完了整堂演讲，最后大家站起身来鼓掌，为老师，也为那个能够坚持下来的老者。

　　老者也站起身来，挥手向大家感谢，他要来了麦克风，对大家深施一躬，然后说道：其实，我最应该感谢大家，因为我的耳朵不好，我害怕听不到老师的讲课声，但今天大家的安静使得我将老师所讲的所有概念记了下来，晚上我会好好地消化他们。

　　台上的老师也感动地热泪盈眶。他忽然想起了什么，回转身去，在黑板上写下来他下一场演讲课的标题：《每个人都需要一个榜样》。

长着翅膀的鞋子

　　一个长的黑黑的女孩子，坐在一大堆旧鞋当中，她无助地、极不情愿地用手抚摸着这些旧鞋，但这是她的工作，她刚想趁机休息会儿，旁边师傅严厉的目光射了过来，她马上反应灵敏地将思维收了回来。

　　她的工作是负责修鞋，用针扎，然后放在修鞋机上面，用线穿透破烂的地方。这样机械的工作使得她的神经有些麻木，但为了糊口她选择了坚持，她一想到母亲的病容，就觉得浑身充满了力量。

　　她有个业余爱好，喜欢画画，她曾经一度求母亲让自己能够上学，她想成为一个艺术家，但捉襟见肘的家庭使得她暂时搁置了这份梦想。

　　她有事无事时，便在皮鞋的底部画画，这可是个充满乐趣的工作，她一度将整个皮鞋下面写满了字，画满了画。直到有一天，师傅发现了这个致命的问题，他十分恼火她的嚣张与任性：这会给我们带来不好印象的，你简直是在砸我们的饭碗？

麻烦终于来了，一位客人发现了这个问题，他歇斯底里地要求将皮鞋下面的画全部清除掉，并且向他赔礼道歉，他还拒绝支付修鞋的费用。

小女孩痛哭流涕，她没有想到自己的理想也会给人带来麻烦。

祸不单行。又一位顾客拿着鞋子找了过来，这是一位绅士，他的名字叫做迪尔，他拿的鞋子下面画着一只张开的翅膀。

这是你的恶作剧吗？迪尔先生质问小女孩。

小女孩点头称是，同时低下头希望他能够谅解自己。

师傅在旁边点头哈腰着：先生，是我管教无方，请您一定不要和一个孩子过不去。

不，她简直是个天才，如果她一直在皮鞋下面画画的话，我相信有一天，她能够打破吉尼斯世界纪录的。

小女孩惊恐地望着迪尔先生，她不知道他的话是褒是贬。

你愿意去我的学校吗？我是说学艺术、绘画、写字，我是一名老师，艺术老师，不必考虑费用问题，面对一个天才，我应该有所牺牲的。

这个叫卢拉的小女孩听后喜极而泣，她跟随着迪尔踏入了艺术的殿堂，她不负众望，在众多的学生当中脱颖而出，成为沙特阿拉伯首屈一指的艺术大家。

当游客们步入上海世博会沙特馆螺旋式艺术走廊时，一定会看到左侧的墙面上展示的 118 幅漂亮的书法作品。这些作品都是沙特阿拉伯女艺术家卢拉所设计创作的，作品富有诗意、优雅、色彩缤纷，淡黄色底子不仅有漂亮的画，还有采用沙特王子诗句所写的书法，有些画作高达 5 米。

苏格拉底问自己的学生：一只鞋子能否飞翔？

学生们纷纷摇头，只有一个学生站了起来说道：当然可以，只要我们为它镶上一对美丽的翅膀。

那个学生，叫柏拉图。

留长发的男孩子

　　在一个偶然的时机里，年轻时尚的彼得爱上了留长发，他在班里大声念叨着自己的新潮观点：男孩子留长发可以改变性格，可以让男孩子特立独行，并且很容易赢得女孩子的青睐。

　　他这样的观点有些"冒天下之大不韪"，许多同学们围着他的长发品头论足。虽然有无数同学们对他嗤之以鼻，虽然父母亲对他下了最后的通牒，但是，他还是宁愿背负着众叛亲离的骂名，他决定了的事情，谁也改变不了？

　　体育课上，体育老师看到彼得呆在男孩子中间打篮球，他断然下了命令，女孩子不可以与男孩子一起打篮球，这本身就违背了规则，彼得想解释自己是留着长发的男性公民，但体育老师严厉的目光拒绝了他的请求，他选择了后退。

　　曾经有一段时间里，他成了全校嘲笑的焦点，许多同学们对他指手画脚的，说他是败坏社会公德，彼得躲在寝室里用眼泪描绘心情，他曾经一度想过剪掉长发，还自己原来的青春时尚，但有一条信念始终在催促着自己不要改变初衷。

彼得的头发延伸到了 30 厘米，远远望去，他简直成了班里最美丽的花朵。许多女孩子望其项背，说如果彼得去做个变性手术，一定可以夺得年度总冠军的。

彼得学会了自我解嘲，他以超人的毅力坚持着自己的信念，只是查尔老师每逢周末下课时总会将他拽到办公室里开"小灶"，许多同学们断言：老师一定是在劝慰彼得，扔掉那令人讨厌的刺猬头。

半年时间过去了，彼得的头发已经涨至 50 厘米，如水的金发，让许多女孩子艳羡。

但彼得于某个傍晚时分，突然剪掉了自己那一头如水的长发，当他以全新的面貌出现在大家面前时，人群中一阵沸腾，大家纷纷猜测，彼得还是禁不住长发的折腾和周围同学、亲戚们的劝告，他只是一个玩偶而已，年轻人嘛，一时心血来潮。

但同学们并不知道，隔壁班里有一个染了头病的女孩子有了一头如水的长发，她刚刚从一个募集处得到的通知，有人捐集了一袭乌发，笑容第一次绽放在她年轻的脸畔。

所有的这一切，只有彼得和查尔老师知道。

耳光是上帝送你的一次慌张

　　一个18岁左右的衣着褴褛的男孩子，在华盛顿朗方广场地铁站口找了个合适的位置，他将一个废弃的垃圾桶当做桌子，将小提琴规规矩矩地摆在上面，刚被打开的旧琴盒放在脚边，他瞅人不注意，从怀里找到几美分的硬币扔进琴盒里。

　　所有的这些事情做完后，他提着鼻子闻了闻从地铁站口散下的几缕阳光，权当是上帝对自己的最好礼物吧。接下来，他的表演开始了，他计划着今天能有多少可观的收入，并且想着省下一顿午餐后，能够有一顿丰盛的晚餐，也许还可以买上一枚香甜可口的鸡翅，这必须看今天的收入情况而定。

　　陌生的路人，怀疑的眼睛，从他的身边匆匆忙忙的闪过，狭窄的地铁站口响起悠扬的乐曲，与人们的咳嗽声、说话声交相辉映，说句实话，几乎没有人在意他的存在。

执法者在意他的存在，因为他实在有碍于城市的面容，一个戴着彩色礼帽的家伙要求他立即收拾好他的家伙离开此地，因为有人检举此地有不雅音乐传播，极大的影响了华盛顿作为世界之都的风采。

他不屑一顾地没动地方，已经穷到天不怕地不怕的地步了，任凭你东西南北风能奈我何？

执法者显然怒不可遏，在一系列的措施采取过仍然无法使这个年轻人改变位置后，他扬起了右手，一记耳光准确地掴在他的脸宠上，音乐声戛然而止，年轻人的嘴角上洋溢着丝丝鲜血。

当音乐声又开始此起彼伏时，执法者无奈地摇头离开了现场，他不服输地对年轻人吼道：明天，你必须离开这个地方，我还会来的，如果你还不走，我还会掴你耳光，如果你不走，我会每天送你一记耳光，直到你离开这个地方。

也许是执法者的冒然行动惹了众怒，许多人围拢过来，有的好心人还将纸巾送给他，让他擦去嘴角的鲜血。傍晚时分，终于有位老者注意到了他，他静静地听了许久，眼角闪现出流离星光。

那一日，他听到了从未有过的赞赏，老者告诉他：年轻人很有前途，你拉得很好，只是太稚嫩了。

第二天的上午时分，那位执法者准时出现在他的面前，他看到这个年轻人依然如此心无旁骛，简直是对自己尊严的一次致命挑衅，他扬起左手来，又将一记耳光深刻地印在年轻人的脸上，又是一道深不可测的伤痕，这一次，年轻人的音乐声没有停下来，只是带了些许伤悲。

年轻人在这个地铁站口一共呆了 78 天，也挨了执法者 78 记耳光，有人说这个执法者太残酷了，也有人说这是一种炒作，是为了提高这个年轻人的知名度。

但无论如何，两年后的一个春天，在波斯顿交响乐厅举行的演奏会上，票价 100 美元的音乐厅里座无虚席，人们看到一个意气风发的年轻人正在做着精彩绝伦的演出，有人说他是世界上最出色的小提琴家，他的演奏中充分地融入了生活的味道，让人一听就可以听懂的那种。

《华盛顿邮报》无不感慨地评价这位当年受过 78 记耳光的年轻人：是耳光摧醒了他的聪明才智。

乔舒亚·贝尔，这个当时穷困潦倒的年轻人谈起自己的成功无不感慨当年的耳光：开始时自己感觉委屈，后来便想着与执法者较起了劲，心思反而更加缜密，感受更加真切起来，灵魂被触痛的感觉，使自己一下子找准了生命的坐标。

耳光是上帝送你的一次慌张，它可以使一个人郁郁寡欢、一蹶不振，也可以使一个人犹如醍醐灌顶、意气风发。

如果一个苹果有了爱

20 世纪 60 年代的日本经济，出现了一个短暂的下坡期，一时间，许多中小企业面临破产，关门大吉，许多商品积压，好像一夜之间爆发了世界性的金融危机。

在日本东京，有一家酱菜店，本来生意十分火爆，受这场灾难影响，一夜之间失去了购买力，这令这家企业的老板鸠山十分苦恼。

放学归来的儿子过来一起与父亲应酬生意，发现今天的生意做得非常不好，便问父亲其中的缘由，父亲哀声叹气着告诉了他事情的经过。

半个月以后的黄昏时分，儿子突然跑进父亲的卧室，告诉他自己有一个重大发现，他将手中的一个苹果交给父亲，问他这只苹果有什么不同的地方？

　　鸠山将苹果接过来，只转了一圈便发现了其中的端倪：周围都是红颜色的，唯有一个地方出现了一片雪白。

　　鸠山好奇地问儿子：这种苹果却不多见，怎么多了片白色？

　　儿子兴奋地告诉了父亲自己的想法：我事先将一枚标签纸贴在苹果上，当苹果完全变红后，便揭下标签纸，苹果上就会留下一片空白。

　　父亲和蔼的听着儿子的战绩，他知道儿子是在动脑筋解决一些问题。

　　儿子继续说道：我们可以从客户名录中挑出 200 名订货数量较大的客户，把他们的名字用油性水笔写在透明的标签纸上，请人一一贴在苹果的空白处，然后随着我们的产品送给顾客，客户们收到我们产品的同时，一定会收到一份写有他们名字的苹果，他们必定会感到惊讶和感动，因为，我们真正将他们当成了上帝，并且放在了"心间"。

　　这个想法马上得到了父亲的肯定，他以最快的速度实施了儿子的想法，结果在意料之中，一时间，顾客蜂拥而至，由于记住了这个特殊的苹果，他们记住了这家酱菜店，并且一传十，十传百，他们的生意越做越红火，到了年底，不得不又加开了十几家分店。

　　一个小小的苹果，做了一份特殊的标记，竟然带来了一份意想不到的效果，我们不得不佩服鸠山儿子的聪明才智。

　　如果一个苹果有了爱，它便会将这份爱像花粉一样洒满人间。

　　鸠山的儿子名字叫做鸠山由纪夫，2009 年 8 月底，他以民主党党首的身份带领在野的民主党以高票赢得了日本大选，同时当选为日本新一任首相。

如果上帝为你开错了窗

1982 年的春天，阳光明媚的日子，但在罗马尼亚郊区的一座临时监狱里，一个女孩子的心情却万分悲痛，这个像极了男孩子的女孩子，写了一部描写罗马尼亚当局政府腐败行为的禁书《低地》。在书中，她充分暴露了统治者丑恶的嘴脸，一时间竟然受到了读者的高度追捧，这也是她被捕的主要原因。所有的统治者，最不喜欢那种玩世不恭、不可一世的人，不管他是女人，抑或男人。

政府当局正在寻找各种证据，以正式批捕她，用来教育所有那些对政府有攻击行为的人。

她不停地啜泣着，瘦弱的身体有些擎不住这世间的风风雨雨，但她转念一想，正义的力量又顷刻战胜了邪恶，自己做的没有任何错误，相信上帝也会帮助自己的。

这样想着，她便抬眼寻找任何一个可能出现的机会逃出去，外面，她的最爱正在橡树下苦苦等待她的身影。

她终于发现这座临时监狱的弊端，有一扇窗，居然没有装玻璃。她身材修长，足可以让自己逃生，她欣喜若狂地感谢上帝为自己留下一扇可以逃生的出路，她费了好大劲，将自己的身体缩成一小团，然后勉强钻出了窗户，她拼命地向前疯跑着，不管前面有路或者是无路。

但上帝还是为她开错了窗，她误打误撞地竟然进了政府军的司令部。那一伙政府军，正在商量着如何治她的罪，旁边的茶几前，摆着她的大幅画像。正在此时，她却意外出现了，这令现场所有的人大吃一惊，然后变本加厉地将她关进了一座地下室里。

上帝太不帮自己的忙了，好不容易逃出去了，居然又进了龙潭虎穴，她颓废到了极点，好想找个方法将自己的生命马上逝去。

她以为自己没有任何出路了，这样一座地下室，不可能有出路的，她胡乱地在地上打着滚，万念俱灰的样子令人胆寒。连续几个昼夜，她一直在想着，如何让自己的生命马上凋零，因为自己实在不想再活下去了。

但后来转念一想，不行，自己的最爱一定在等着自己，只要有一线的希望，便要逃出去，自己没有任何罪过的，有错误的只是当局政府。

　　这种正义的力量促使她开始振奋起来，她不停地摇着天花板，盼望着能够找出一线生机，她不相信上帝不垂怜自己，上帝开错了一次窗，下一次还会开错吗？

　　她终于发现了地面上有一处疏松的土壤，她开始挖掘它，三天过后，她找到了一条隧道，勉强可以容下自己的身体，她不顾一切地钻了进去，然后通过八个小时的努力，终于逃出了魔窟。

　　赫塔·米勒，这个备受争议的德国籍作家，于 2009 年 10 月份爆冷获得了诺贝尔文学奖，她的代表作品有《我所拥有的我都带着》《光年之外》《行走界线》《河水奔流》《洼地》《那时狐狸就是猎人》等。 诺贝尔文学奖评审委员会称其"以诗歌的凝练和散文的率直，描写了失业人群的生活"。

　　上帝有时候也会打个盹，为你开错窗，如果你认命，便会沿着错误的方向走下去；如果你不服输，拼命地在铜墙铁壁上用自己的智慧和双手打开另一扇窗户，上帝也拿你没有办法，因为，上帝也喜欢不顾一切的人。

如果灵魂里没有星星和月亮

1963年的春天，日本福冈县立初中的一所教室里，美术老师正在组织一场绘画比赛，同学们都在认真地按照要求作画，可只有一个瘦高个子的家伙缩在教室的最后一排。他实在不喜欢老师的命题绘画，于是便信手涂鸦起来。

到了上交作品的时间了，老师看着一张张作品，不住地点头称是：他深为自己的教育成果感到满意，学生们的作品已经有了自己的领悟，可以说是对日本传统绘画的继承和发展。

但唯有一张画让他大跌眼镜，作者是个叫臼井的家伙，老师的目光从画作上移到了最后一排，接着看见这个名不见经传，有些另类却又有些特立独行的家伙在冲着他冷笑。

他大声怒斥着：臼井，你知道你画的是什么吗？简直是在糟蹋艺术。

　　小家伙闻听此言，吓得将脑袋垂了下来，老师接下来让大家轮流传看臼井的作品，他用红笔在作品的后面打了无数个"叉叉"，意思是说这部作品坏到了极点。

　　他画的是一幅漫画，一个小家伙，正站在地平线上撒尿，如此不合时宜，如此地不伦不类。

　　这个叫臼井的家伙一夜成了坏名，学生们都知道关于他的"光荣事迹"。

　　这一度打消了他继续作画的积极性，他天生不喜欢那些中规中矩的传统作品，他喜欢信手拈来、一气呵成，让人看了有些不解，却又无法对他横加指责。

　　在老师的统治下，他开始沿着正统的道路发展，但他在这方面的悟性实在太差。期末考试时，他美术考了个倒数第一名，老师认为他拖了自己班的后腿，命令他的家长带着他离开学校。

　　他辍了学，连最起码的受教育的权利也被剥夺了，于是乎，他开始了流浪生涯。不喜欢被束缚的他成日里与苍山为伍，与地平线为伴，这更加剧了他狂妄不羁的性格。

　　1985年的春天，《漫画ACTION》杂志上发表了一篇《不良百货商场》的漫画作品，里面的小人物不拘一格，让人忍俊不禁，看来爱不释手。这样一部作品一上市，居然引起了强烈的反响，长久束缚的日本人在生活方式上得到了一次质的改变，他们喜欢这样的作品。

又一年，一部叫《蜡笔小新》的漫画风靡开来，漫画中的小新生性顽皮，做了许多孩子不愿意做的事情，典型的无厘头和荤段子却得到了意想不到的结果，被拍成动画片后，所有人都记住了小新，以至于不得不加拍了连载。

臼井仪人，这个天生的邪气逼人的漫画家，注定不会走传统的老路，如果他仍然沿着美术老师为自己铺好的道路发展，恐怕这世上不会有《蜡笔小新》的诞生。

如果灵魂里没有星星和月亮，那么，我们抓住尘埃和杂质，照样可以让它们生出星星之火，一样可以熠熠生辉。

第四辑

给自己一些拒绝轻生的勇气

从前有一只鸟儿，失望至极，糟糕的环境使得它充满了对自己和社会的怨气，它选择了轻生，想离开这个可怕的人世间，它遇到一个可爱的人儿，他热情地邀请鸟儿慢下身躯来，与他共同分享这个世界特有的安宁与恬淡，可爱的人儿离开时，告诉鸟儿一句话：拒绝轻生，也是长大的标志。

希望如火、失望如烟

　　伊朗德黑兰郊区的一个小镇上，一个十五六岁的小男孩正孤苦零仃地行走着。他的家境不好，幼年丧母，父亲含辛茹苦将他拉扯到十来岁时，也随着一场瘟疫永远地离开了他，他成了孤儿。

　　一个老铁匠收留了可怜的他，使得他苟延残喘的生命能够继续停留在世上。老铁匠的脾气不好，总是让他尾随着去做那些他不太喜欢的铁器活。他已经有了自己的人生观，他想着理想的远大，想着如何通过自己的双手摆脱旧时的阴影，所以，每逢他给铁炉子拉风箱时，他漫不经心的样子，导致的结果就是火忽大忽小，因此，总会有许多废品产生。

　　老铁匠每次都是用脚踹他的屁股，好让他的精神能够回到良好的状态上来。有一次，他受不了铁匠的"虐待"，便赌气躲门而出，他在街市上转悠了半天，希望通过自己的努力找一份体面的工作，但人家见他貌不惊人、个头矮矮的，谁也不要他。寒冷的夜晚，他一个人躲在一家门面房的外面噤若寒蝉，差点被冻死，老铁匠几经辗转发现了他，将他第二次救回家。

醒来后，老铁匠语重心长地与他谈了次话，他向老人和盘托出了自己的人生抱负，说自己的理想如何的伟大。老铁匠笑着回答他：每个人都有自己的梦想，我也曾有过，孩子，你做的不错，只要有一颗燃烧的心，就会有成功的希望，但你要记住：希望如火，失望如烟呀，就像这铁炉一样，要想多出成品，你必须加大风箱的风量，火势越大越稳，烟就会越少，而成功的希望就越大。

他记住了老铁匠的话，开始一心一意地随着他做铁匠生意，他逐渐总结出了老铁匠话中的真理：你扇的风越用心，炉子里的火苗就会越大越稳定，出来的铁器质量就会越好，而烟雾呢，会随着火势的增大而烟消云散。

老铁匠去世后，他继承了他的衣钵，但他却没有满足于制造铁器的现状。一个偶然的时机，他一跃跳入政坛，经过几十年的摸爬滚打，他逐渐成了政坛上的一颗明星。他聪颖好学，迅速掌握了一套可以治理国家的方案，并且在另一个偶然的时机里参加了总统的大选，出乎所有人的意料，他一举夺魁，成为名符其实的总统，在 2009 年的又一次大选中，他成功连任。

他就是内贾德，实足的"鹰派"，令美国两任总统头疼的角色。

是的，希望如火，失望如烟，生活总是一边点着火，一边冒着烟，要想增加成功的胜算，我们就不能停下手中奋斗的扇子，火势越大，烟雾就越少，离成功也就越近。

墙那边的苹果总是比这边甜

古巴首都大哈瓦那，一个 7 岁的小男孩整日里光着个屁股来回穿梭于风雨中，他的任务是负责给在煤矿做工的父亲送早饭、午饭和晚饭，每一趟路都需要 30 分钟左右的时间。

有一座操场，是他的必经之路，那是一座田径场，是古巴简易的国家训练中心，里面有许多和他一样大的孩子们正在接受着训练，他们的目标是参加国家大型运动会、美洲运动会，直至世界性的奥运会。

他渴望着有这样一个机会，但家境贫寒的他上不了学，于是，他便每日利用送饭的空档趴在墙头往里面观看，热闹非凡的场景和异常激烈的比赛让他眼花缭乱，为了躲避保卫人员的目光，他选择了一个里面种有苹果树的地方，苹果树的叶子可以遮挡他弱小的身影。

　　回家时，他央求母亲，想上学，想去那座操场进行训练，他想成为明星，因为他喜欢体育，喜欢运动。母亲叹了口气说道：孩子，你父亲每日里拼死拼活的劳动还不是为了这一大家子糊口，我们没有钱，如果你想训练，便选择跑步吧，你可以每日里计算你送饭的时间，如果哪天你觉得利用最短的时间到达煤矿，就是你成功之日。

　　这个黑孩子听从了母亲的安排，每日里狂奔着，只是路过操场时，他总会情不自禁地停下脚步，沿着老位置趴在墙头上张望着，直至送饭的时间快要到了，仍然舍不得离开。

　　那棵苹果树有许多枝条探到了外面，上面结了许多苹果，但是不幸的是，墙外边的苹果被路人摘了许多，那些苹果总是不成熟便被摘了个七零八落的，只有几个墙内的苹果荡漾在风中。

　　苹果成熟的季节，他调皮地想着可以给母亲捎几个回去。他在找寻苹果时，意外地发现墙外边依然挂着一枚不太好看的苹果，他摘了下来，放在嘴里面咬着，感觉十分香甜可口，于是，他想办法跳进了墙里面，将里面的苹果摘了个精光，他想让母亲品尝一下这人间鲜果。

　　母亲十分感动，放在嘴里面吃着，但吃下去一口后，他便发现了异样：母亲，不好吃吗？我吃了一个不太好看的，挺好吃的呀。母亲回答：挺好吃的。

　　晚上时分，他咬了那些苹果中的一个，吃到嘴里面感觉酸涩得厉害，这是怎么回事？难道墙外的苹果比墙内的甜吗？他便去问母亲。

母亲语重心长地解释着：那是因为呀，墙外的苹果经历的困难比墙内的多，墙外邻路，多灰尘，多经历雨雪风霜，过的人也多，自然使得墙外的苹果学会了坚韧不拔，所以结出的果子才更加可口。

他恍然大悟。

从那天起，他不再留恋那墙内的风景，每日里坚持跑步，这样的光景一下子坚持了 8 年。

这个叫罗伯斯的年轻人，从 2006 年开始崭露头角，他打破了中国冠军刘翔保持的 110 米栏的世界纪录，并且在 2008 年北京奥运会上夺得了金牌。

墙外的苹果总是比墙内的甜，因为它经受了更多风雨的洗礼和世间的磨难。

它的个头可以卑微，可以毫不起眼，但只要挺过去，到了成熟的季节，就一定可以成为最香甜可口的人间鲜果。

不要因为一场雨而取消出行计划

1994年初春，美国芝加哥惠特尼·扬中学的校门口，一个满身脏兮兮的孩子飞奔着从校园里跑了出来，他的身后，是一群刚刚做完恶作剧的家伙，显然，他被他们捉弄了，后面的孩子们大声吆喝着：混蛋、白痴，还想游历全美洲，白日做梦吧。

他叫杰奎，父亲是一个失业工人，母亲在一所普通小学教书，家里凭借失业金过日子。

小杰奎有个梦想，就是想游历全美洲，他经常在同学们面前自诩自己的伟大理想，一些富贵的孩子便凑在一起，每每便将他捉弄，他开始时反抗，不准他们亵渎自己的梦想，但他们却变本加厉起来，问他要游历全美的资本，有钱吗？有鞋子吗？一双优质的运动鞋，总不能光着个屁股到处乱闯吧，别丢我们学校的人呀。

他伤了自尊心，想起上体育课时，自己的运动鞋被一个家伙故意踩烂了，身体里便流动着愤怒的血液，他好想站起身来，揍那家伙一巴掌，但他们人多势众，他退缩了。

接下来的几天时间里，他瞄准了学校门口的超市，那里顾客多，但把门的只有一个老头子，他有些眼花，分不清客人是男是女，经常称呼错人家的性别，这可是个好机会。他瞅了好些天，终于将目光锁定在一双优质的蓝色运动鞋上，它产自中国，品牌是双星。

他于一个下学的时机进了那家超市，他背着重重的书包，由于个头矮小，老头子错过了让他将书包放在寄包台的时机，他径直来到那款运动鞋前。超市里人头攒动着，大家都在忙着采购商品，根本没有人在意这个小家伙。

他打开了书包，将那双鞋胡乱地塞了进去，然后伺机准备离开。

但不幸的事情发生了，那个老头子发现了他的书包——这可是生日时母亲用积攒的钱为自己买的，老头子固执地认为这个书包是偷来的。

他们争执起来，许多人围了过来，这中间包括平时爱捉弄他的同学，他们一边呼喊着，一边看着热闹。

杰奎脸憋得通红，他死活也不承认书包是偷的，他只是担心书包里的那双运动鞋。

正在此时，一个女士出现了，她个头高得吓人，她替孩子解释着：老人家，我是看着这个孩子背着书包进来的，并且你的书包与他的式样不一致，你怎么能说孩子偷了你的书包呢？如果你判断出错的话，就会伤害孩子的自尊心。

在这位女士的解围下，老头子放开了杰奎。

杰奎奔跑在人群里，泪水不停地向外淌着，但他忽然间又站住了，因为，他的确是个小偷，书包里装着那双可爱的双星鞋。

那个女士一定发现自己偷了运动鞋。他正想着心事时，那个女士却又出现了，她对小杰奎说道：你愿意到我的花园工作吗？我那里缺少一名浇水的小花匠，我看你挺合适的，我可以给你发工资的。

这可是个好消息，小杰奎顾不了许多，一边走着一边认真地点着头表示同意。

从那天起，每天下午一放学，小杰奎便跑到女士的花园里做一个小时的零工，女士对他很好，并没有提到偷鞋子的事情。

半个月后，女士拿出了工钱给杰奎，临走时叮嘱他：孩子，明天就不必过来了，我的花园已经卖给了一个花匠。有缘，我们会再见面的。去超市吧，还上鞋子的钱，我喜欢诚实的孩子。

杰奎郑重地点了点头，依依不舍地离开了花园。

一个月后，杰奎意外地收到了一封信，信中这样写着：

孩子，你已经有了一双可爱的运动鞋，你可以实现你周游美洲的梦想了，你也许会顾忌许多事情，包括你心爱的学业，还有爸爸妈妈，我想你可以处理好这些难题的，梦想就在前方，错过了便会永远找不回来的，不要因为一场雨而取消你的出行计划，只要坚持了，理想永远不会有错。

落款是：米歇尔·拉沃恩·奥巴马。

幽默的纠错

温哥华冬奥会开幕式上，有一个人所共知的败笔：火炬台的一根欢迎柱出现了故障，没有按照预先设定的方案竖起来，这种状况让开幕式的点火仪式成了一个残缺的作品。

当时，引起了大家的一阵唏嘘声。开幕式结束以后，许多网友发表评论：认为这是历届冬奥会开幕式中最差的一次。

但 3 月 1 日这天的闭幕式却让我们看到了另外一幕：

闭幕式的大幕徐徐拉开，火炬台依然以"残缺"的状态搭建着，开幕式上的"失误"就这样被组委会十分客观地摆在亿万观众眼前，他们是想以怎样的方式来弥补，全世界瞩目着。

一个装扮成电工模样的小丑蹦跳着来到会场里面，他径直来到那根没有竖起的欢迎柱前面，他装作检查的样子，但形态十分滑稽可爱，让人看着便忍俊不禁。他终于找到了故障原因，如释重负般地将电源插好，拍拍手，开始试着把那根硕大的柱子费力地从地下拉起来。在小丑的卖力拉动之下，那根欢迎柱缓缓竖了起来，并且慢慢地和其他几根欢迎柱搭建在一起。

在大家怀疑的目光下，这时勒梅·多恩竟然被小丑请出了场，她随即点燃了奥运火炬，奥运圣火熊熊燃烧起来。

开幕式上的错误，竟然以这样一种伟大和幽默的方式予以纠错，观众在大开眼界的一刹那，忍不住欢快地鼓起掌来。

而有两次点火的奥运会，恐怕也是史无前例的。

全场观众沸腾了，为组委会这样勇敢的直面错误，并以这样一种伟大和幽默的方式来化解。

人的一生中难免会犯错误，我们许多时候都想着如何回避错误，害怕承担嘲讽和责任。其实面对已成事实的错误，勇敢面对要比想方逃避更彰显一个人的成熟和魅力。

只要勇于承担，错误也可以成为伟大，成为一种经典。

为善良列个计划

一个 7 岁的小女孩站在人群外围，好奇地望着里面，她想知道发生了什么事情？当她好不容易挤进去时，人群却一轰而散，没有人愿意可怜一个正在乞讨的孩子。

这个小女孩，将一个星期省吃俭用下来的钱放在乞丐面前，没有等那个乞丐说声"谢谢"，便转身消失在夜幕里。

她回到家里，告诉父亲她的所作所为，父亲高兴地说道：你做得很对，人无论贵贱，都应该保持一颗善心。

小女孩在期末的作文中这样写道：我愿意为善良列个计划，我愿意尽自己的所能帮助该帮助的人。

在学校里，她是个好学生，天生好动外向，对任何事物充满好奇心，她时常将从家里捎来的饭菜分给同学们，大家都夸她像个善良的天使。

　　小女孩告诉父亲：自己想将每月省下来的钱捐给贫困的孩子们上学。父亲答应了她，尽管自己的家庭也不阔绰，但父亲知道：满足孩子一个心愿是多么一件弥足珍贵的事情，尤其是这个心愿充满了理想与信念。

　　在韩国首都首尔，有许多冰上运动场馆，这个小女孩十分喜欢冰上运动。她向父亲说出自己的心愿后，父亲将她送到了冰上学校去。

　　两年的时间，她便在冰上运动项目中崭露头角，尤其是花样滑冰，她痴爱且执著。2003 年，她获得了全国花样滑冰冠军，由此，她的个人才能开始淋漓尽致地发挥出来。

　　业余时间，她依然喜欢做自己的善良计划：明天参加某某公益活动；下个月，要去中国访问演出，顺便参加希望基金会，等等。

　　善良的人容易成功，这个哲理在金妍儿的身上得到充分印证。

　　2009 年洛杉矶世锦赛上，她以创造女子短节目和总成绩两项 ISU 记录的惊人成绩获得冠军；在刚刚结束的 2010 年温哥华冬奥会上，她以破世界记录的分数获得了花样滑冰女单冠军。她拥有"冰上精灵，花样滑冰之花"的美誉。

　　其实，我们每个人都可以为自己列一个善良的计划，这个计划简单的就像我们走路、吃饭一样；我们不必苛求自己在能力之外去做不可能完成的伟大创举，善良也有精神上的表达方式，比如说语言、安慰等。我们可以学会鼓励困难的人，让他们知道困难是成功的前提；我们可以去安慰受伤的儿童，在你的目光中，他们也许会看到希望和憧憬。

为善良列个计划吧，学习金妍儿做一个容易感动别人和被别人感动的人。

将子弹射向总统

1965 年的夏天，乌克兰顿涅茨克州的郊区，时任苏联领导人的赫鲁晓夫同志顶着酷暑进行视察，谁也没有想到的是，危险就躲在身边。

一个毛头小子，手里握着一只手枪，他压了压枪膛，似乎是在检验子弹是否到位？他的脸上明显写满了满足和狭屑，他的目标直指当今世界最强大国家的最高领导人，他的内心深处早已经乐开了花。

但危险并没有降临，旁边有一双手，死死地抓住了枪杆：一个女老师将毛头小子拖进了密林深处，她小声斥责着他：你不要命了，他可是最高领导人。

有什么了不起的，我蔑视一切，况且，我手中拿的仅是一只假枪，对他形成不了威胁，我只是想证明自己是勇敢的、不顾一切的，我不想那些富贵的家伙笑话我是个懦夫。

老师教育了半天这个小子，她告诉他：尊严是自己通过努力争取的，别人赋予不了你。

夜晚时分，毛头小子被父亲打了个半死，理由是他"冒天下之大不韪"，竟然想枪杀总统。

尽管他一直做着解释，但父亲不依不饶，他教育儿子要听话、懂事，做事情以前要"三思而后行"，要照顾其他人的利益；他还举例子说道：如果被总统的卫队发现了秘密，不仅你活不了，我们全家都会受到株连。

这个立志想将子弹射向总统的年轻人，俨然成为大家茶余饭后的笑柄，附近地区村庄纷纷传扬着这个孩子的劣行，认为他缺乏教养，是坏孩子引以为戒的标本。

可孩子的母亲却不这样认为，他教育孩子道：你不可以将子弹射向总统，但可以立志成为总统，你的子弹可以射向总统的宝座。

这个孩子怀了无限的梦想踏上自己的人生征途。他先后做过钢铁工，从事过钳工和机械工的工作。1996 年是他人生的转折点，他被任命为顿涅茨克州副州长，终于踏上了仕途。

在 2010 年的总统大选中，他一举击败夺冠呼声最高的美女总理季莫申科而成为乌克兰新一届总统，他的名字叫做维克托·亚努科维奇。

"一个人小时候的梦想能够印证他将来的人生轨迹。"虽然不知这是哪位哲人说的,但亚努科维奇的人生经历却告诉我们:努力刻苦是梦想之花能够开放的催化剂。

将开幕式租赁给我

1980年10月，澳大利亚悉尼大学，校方决定在岁末年初的时候举办一场声势浩大的运动会，为此，他们进行了开幕式导演的全校招标。应征者有无数人，但校方领导均感到不满意，他们为筹备时间过短感到焦虑，要知道，准备一场壮观华丽的开幕式至少需要半年时间。

校方领导经过商议后，想取消本次运动会开幕式，但无疑是告诉学生和世人：这届运动会将是一次残缺的运动会。

但一个20岁的在校学生推开了校方领导的办公室大门，他斩钉截铁、信誓旦旦地表示，自己可以完成本次开幕式，但他拒绝透露他的策划和想法，他的理由是想给大家一个惊喜。他还下赌注，如果不成功，愿意接受校方开除的惩罚，或者是送到当地法院去。

校方领导慎重考虑后，觉得不妥，他们在拒绝意见书上签了字。

下午时候，这个学生却拨通了校方最高领导本托的电话，他要求见到他，并直接陈述了自己对开幕式的看法，他告诉本托：学校在埋没人才，这是一次对尊严的挑战。

令人意外的是：本托竟然同意了年轻学生的请求。他拍拍他的肩膀说：孩子，我同意你作为本届运动会的导演，但必须成功，我想，你能给我一个惊喜。

消息传出后，大家均认为这样的决定草率、开玩笑，要知道，开幕式的导演需要懂艺术，有音乐细胞，可是，这个年轻人学的却是计算机专业。

在众人的猜测中，开幕式到来了，大家看到了一场十分精彩的开幕式，尤其是烟花表演，将整场晚会推向了高潮。

当学校代表队入场的时候，本托紧紧地搂住了这个年轻学生：你太令我激动了，我没有看错你，现在，可以告诉我答案了吧。

年轻学生却意外平静地说道：这不是我的功劳，功劳属于大卫·阿特金斯，他是一位怀才不遇的艺术家，我将整场开幕式租赁给了他。您知道赌注是什么吗？如果开幕式失败，他将从此失去双眼，他只是告诉我：将开幕式租赁给我吧。

这个被租赁的艺术家大卫·阿特金斯，由此名声大噪，人们在惊心于他坚毅勇敢的同时，也对他为艺术而献身的执著感动。

果然，这个当时还名不见经传的落魄艺术家，三十年后给我们带来了无穷无尽的惊喜。他成功导演了多哈亚运会的开幕式，并且于 2010 年 3 月承办了温哥华冬奥会的开幕式。开幕式上错误的点火仪式却被他在闭幕式上用一种幽默的方式化解，这不能不说是一种勇气和智慧的高度融合。

将开幕式租赁给我吧，多么豪迈的气魄！

悲哀时就唱歌

在爱尔兰北部，有一个民族叫切诺族，这个族有着与其他民族不同的特有习俗，其中有一个习俗最另人难忘：悲哀时不得哭泣，必须唱歌。

听当地人说，这里面有一个古老的动人的传说：

有一个女孩子，天生爱美丽，她就住在爱尔兰北部的切尔村里，她有着幸福的一家子，她的父母还有一个漂亮可爱的妹妹。女孩子天天赶着羊群，挥着鞭子寻找自己的梦想。终于有一天，她发现在云彩的另一端，有一座漂亮的闪着金光的房子，那座房子的窗户前，有一位白马王子正在等待心上人，这是一个多么美妙的故事呀！

女孩子没有将这件事情告诉父母，而是独自一人踏上了寻找伴侣的路程。

终于有一天，工夫不负有心人，她找到了那座房子，而让她感到奇怪的是，没有王子的身影，房子也不是金黄色的，好像刚刚有一场泥石流划过这座村庄。

她到处寻找，就是找不到王子，她无奈之下，一边流着眼泪，一边往家里赶。在赶回家的第二天，她病倒了，睡梦中总是一边哭着，一边喊着王子的名字。

她害了典型的单相思，她甚至不清楚王子的容貌，或者是她只是一厢情愿的，父母均是这么认为，但她只是哭，眼泪流成了一条小河，忧伤的样子惹得周围的亲戚朋友也每日处在悲伤之中。

这种气氛感染了周围的环境，山河也开始呜咽，花草开始失色，才几日光景，景色一片凄惨。

再接下来，更不幸的事情发生了，暴雨成灾，泥石流发生了，整座村庄化为乌有。

他们搬了几次家，但灾难却尾随着他们全家，好像暴雨十分喜欢小女孩的哭声，也许她的哭声惹怒了天公，让她也一直泪水涟涟。

一位年长者走进了她的家门，她语重心长地劝这位小女孩：你悲伤时，不应该哭泣，而应该唱歌，我敢保证，那位王子听到了你的歌声，一定会来找你的。

小女孩不敢相信年长者的话，便试探着唱起歌来，歌声十分悠扬，使得她自己感觉有些神清气爽，她便出门给风儿唱，给雨儿唱，风雨温柔了许多。

在她唱歌的第四个年头，一位年轻帅气的王子走进了她的生活，他爱她，疼她，她也认为这就是当年遥望的那个白马王子。

由于害怕悲哀时哭泣会暴发泥石流，会使得老天动怒，切诺族便订了规矩：悲哀时不准哭泣，只准唱歌。

悲哀时就唱歌，这是一条多么聪明的人生信条呀！哭泣容易使人迷失自我，找不到来时路，唱歌可以使人心情愉快，勇敢地面对现实，并且找到医治困难的方法。

当歌声嘹亮起来时，我们的脑筋会变得清醒，四肢会更加灵活，周围的环境会更加怡人，好事便会悄然走近。

如果你路过切诺族，你就会发现周围总是动听的歌声悠扬，歌声中有欢乐，也有他们不愿意用哭泣表达的忧伤。但无论如何，歌声总会给你向上的力量。这种力量，比得上太阳的光芒。

搜集眼泪的孩子

1983 年，英国最著名的学校伊顿中学，发生了一件骇人听闻的事件，一个年仅 16 岁的男孩子，由于吸食了大麻而被校方关了禁闭。在英国，贩毒毒品和吸食毒品虽然屡见不鲜，但这件事情发生在一个小男孩身上，尤其是在伊顿中学，这令学校领导十分不满。校长皮尔先生感到无地自容，他无法向学生的家长和连带同学的家长交待，他深深地自责后，决定处罚这个不可一世的学生。

男孩子的眼泪从那一刻起，就没有停止过，他的眼泪瞬间流成了一条小河，河水中尽是自己的羞愧和难过。

他将整个事件的经过写了下来，希望学校能够谅解，但皮尔校长看过后认为写得不够深刻，轻描淡写的检查无法向全校交待。

一盏苍白的灯泡、一张桌子、一把椅子、一张简易的床，偶尔会有几只老鼠调皮地游动过来，好像老熟人似的与男孩子打着招呼，甚至在他困顿的时候会跑到他的嘴边与他来个深情一吻，这便是禁闭室的环境。

比这更恶劣的是男孩子的心情，但他首先想到的是如何才能将检查写深刻，从而痛改前非。皮尔校长的学风极其严格，如果写不好检查，他可能会被伊顿中学永远地开除，而这对自己的父母会形成巨大的打击。

男孩子的眼泪流在日记本上，将检查打成一片濡湿。

他忽然想起了何不将自己过去流过的眼泪搜集起来，在下面写上具体的文字描述，与本次的事件联在一起，形成一份特殊的检查，皮尔校长看了，也许会原谅自己的。

这源于一种灵感，小男孩抓住了它，生怕它稍纵即逝。

他用了将近半个月的时候整理自己过去的眼泪，终于，他搜集了三十条自己的错事，并且在错事的上面画上了一个小男孩落泪时的表情，这项工作几乎占据了整套日记本。

当皮尔校长于一个月后看到这份独特的检查时，他突然间老泪纵横，他为小男孩的独具匠心和诚意所感动，他破例原谅了他，处罚上写着：不准离开校园，抄写五百行拉丁文诗句。

这个叫卡梅伦的小男孩，从此吸取了教训，发奋要做一个坚强懂事的孩子，他中学毕业后考取了牛津大学。

一次偶尔的人生机遇，他开始涉入政坛，并且在 2010 年的英国大选中带领保守党取得了胜利，他于 2010 年 5 月 11 日起成为英国第 53 任首相，也是英国自 1812 年以来最年轻的首相。

那份奇特的眼泪日记本，至今仍然被保存在牛津大学档案室里，卡梅伦从伊顿中学毕业后，皮尔校长无不激动地说道：这注定是一个出类拔萃的孩子。

眼泪不是伤感，不是阻挠；它是动力，也是滋润人生之路的润滑剂。许多人从眼泪中跌倒了，却再没有起来，而又有一些如卡梅伦一样的人，他们在眼泪中学会了如何生活、如何奋斗，真正地做到了"化悲痛为力量"。

出售欲望的孩子

卡尔从小无父无母，祖母将他拉扯长大，他从小养成了一种偏激执拗的性格，加上祖母对他的恩宠，使得他平日里活像个社会上的小混混，在方圆几个社区里，没有人愿意招惹他。

在一次偶尔的喝酒事件中，他爱上了抢劫，他虽然只有13岁，但他的个头足以支配他的力量了，他可以轻而易举地从一位妇女手中抢走她的搭包，里面大约有几百美元的现金。

由于有了第一次的成功后，他欲罢不能，校园里到处传颂着他的恶行。校长，还有他的老师对他很是头疼，不知道如何处理这个没有民事能力的学生。

事情越演越烈，他的欲望也愈发膨胀起来。在校园里，他成了黑社会的老大，拉帮结派，唯我独尊，公开旷课，或者盗走女学生的生活用具。

卡尔被驱逐出了校园后，他才感觉到自己的行为损害了自己的名誉，还有祖母的尊严，他想回家向祖母承认错误，但他没有这个勇气，想到她苍老的面庞后，他觉得无地自容。

走在匆忙的人群中，他的眼睛瞄见了一个小个子的老者，他的钱无意中露在了钱包的外面，天赐良机，手中空空如也的卡尔欲望顿时又占据了上风，他跟随着老者，走街窜巷，终于，老者走疲倦了，艰难地坐在地板上休息着。

卡尔的黑手伸向了老人，只是在一刹那，腰里的皮包就落到了卡尔的手中。

卡尔本来是这样设想的：拿到钱包后，冲着老人扮一个鬼脸，代表示威吧，然后消失于小巷里。

但他的手却遭到了强有力的反抗，像一口钳子一样抓住了他的手。卡尔看到了一张狰狞的脸，可怕的脸，老人什么也不说，反身将他塞进了身后的小屋里。

老人问他，说吧，怎么办？是送给警察还是私了？

别送警察了，丢面子。卡尔的脸一直看着地面。

那好吧，看来你是个惯犯，有这样的本事也算是了不起。我有个孙子，很想学会这一招，你将欲望和技能卖给他吧。话音刚完，一个年轻人推门走了进来。

他叫奇里，你现在将你所有的技术传给他，但你记住，以后你永远不准再有这样的欲望和行为了，否则你就侵了权，这也是对你的一种惩罚。我如果发现你再做坏事，就会将你扭送至警察局和专利局，因为你同时犯了两大罪，需要受到严厉的制裁。

老人说话斩钉截铁，容不得卡尔不同意，老人拿了一张协议书，协议书的抬头写着：出售欲望协议书，内容卡尔看懂了，与老人所述一样，老人拿了他的手，狞笑着让他摁了手印。

卡尔出来时，感到一阵恐惧和失望，他想到刚才老人的脸，还有他的双手，还有那张可怕的协议书。

卡尔回到家时，祖母正与老师坐在一起，看到祖母向老师求情的表情，卡尔失声痛哭起来。他发誓再不做对不起祖母的事了，同时，他也不敢做了，因为他已经失去了制造坏事的版权。

他回到学校后，解散了"坏蛋组织"，一心一意地想做个好孩子。当他的欲望侵袭他时，他在人群中恍惚看到了那个老人的脸，他不敢动手，害怕他报复，将自己扭送至那个小黑屋里。

卡尔考上高中后，身上的臭毛病已经彻底改掉了，祖母也年迈多病，无力管制他。他学会了自立，每天帮助祖母打扫房间、做饭，邻居们都夸他变成了一个懂事的孩子。

那天，他正在侍弄庭院里的鲜花时，一位老人推开了他家的院门，卡尔本想上前去询问，可他发现了那张可怕的脸，狰狞的脸，正是那个老者。

坏了，他一定是想将以前的事告诉病中的祖母，无论如何
都不能让他成行，否则祖母的病会雪上加霜。他这样想着时，
老人走了过来，脸上却荡漾着一层慈祥，不再有原来的恐怖，
他摸着卡尔的额头，开心地问道：你的奶奶呢？

她不在家里，出去了，我知道你过来做什么？你不能这样
做，这样对待一位病中的老人，你于心何忍？卡尔正言厉色。

哟，学会护着奶奶了，好孩子，我是来看你奶奶的。这不，
牛奶、鲜花。老人说着，指了指自己手中的袋子。

原来他们认识，卡尔放松了警惕性。

老人步入家里，屋内传来了奶奶与老人开心的对话声，卡
尔偷听他们要谈什么，当听到一半时，他禁不住潸然泪下。

祖母早就知道了他的劣行，她没有张扬，而是与这位好友
一起，用一种别致的方式改掉了卡尔的毛病。这样做，既彻底
解决问题，又不让他失去人格和尊严。

这个出售欲望的孩子，当晚在日记中这样写道：欲望是可
以出售的，但亲情和尊严永远不能。

如果一只鸟儿选择了轻生

　　加拿大魁北克省的最东端，有一处断崖，断崖邻海，这儿人迹罕至，是经济相对落后的区域。但在这处断崖边上，却每年都会发生一些奇怪的现象，成群的鸟儿选择了轻生，它们集体撞击到断崖的岩石上结束自己的生命。

　　年轻的罗斯毕业后郁郁寡欢，他家中无依无靠，父母早已不在人世，因此，他选择了逃避现实。他独自一人来到了断崖边上，他每天坐在断崖边上看海，看海涛愤怒地将满腔怒火泼撒在岩石身上。

　　偶尔的一次醉酒后，他发现了这种奇怪的现象，他利用自己生物学的知识认真进行了分析，这使得他对此种现象产生了浓厚的兴趣。他翻阅了图书后发现，世上有这类鸟，它们不易适应环境的改变，噪音和污染使得它们对生活失去了兴致，从而选择了自尽。

他想改变它们的习性，罗斯对自己提出了更高的要求。

他试着逮住了一只小鸟，给它解释活着的意义，他还现身说法地告诉鸟儿，自己如何了得，如何想自杀却劝告自己活了下来。他在驯服了七天七夜后，鸟儿重新回到了人间。可惜的是，三天后，在自杀的鸟儿当中，他重新发现了它，当时它被放走时，他在它的脚下拴了一根红头绳。

罗斯愤怒至极，环境改变了它们的生活，可周围全是荒草和乱石，没有污染，没有噪声。他沿着断崖向北途步走了十几公里，终于，他发现了秘密所在：那个地方正是鸟儿栖息地，却在旁边建起了许多加工厂，工厂内的声音隆隆着，噪声十分吓人，周围的鸟儿成群结队的寻找着良方，它们试图改变这种现状，却无能为力，只好选择了死亡。

罗斯闯到工厂内部，坐到了领导的办公室里，他将自杀的鸟儿放到他的办公桌上，请领导给予解释，那位领导正襟危坐着只是狞笑，然后将一记耳光送给了试图失控的罗斯。

罗斯又找了当地政府，陈述了自己的观点，政府官员笑着说道：让鸟儿改变它们的生活方式，它们不能够阻碍经济发展。

这句话提醒了罗斯，罗斯回去后，准备了一大张毯子，将毯子铺到断崖的岩石上，结果却起了很好的缓冲作用，许多鸟儿一次撞击不成功后，选择了退缩，时间久后，自杀的鸟儿明显减少了许多。

罗斯喜出望外，它这样想着，既然是噪音改变了它们的生活，那么，如果说我给它们带来节奏感温软的音乐，也许，它们会安静下来。

罗斯每天给鸟儿吹箫，音乐悠扬耐听，许多鸟儿停顿下来，落在周围的草地上，还有些大胆的鸟儿试图落到罗斯的肩膀上，罗斯选择了接纳，他和鸟儿成了好朋友。

两年时间，罗斯改变了这里的生态规律，自杀的鸟儿几乎成了零，罗斯想着自己可以写一本书，来讲述关于鸟儿自杀的故事。

时间来到了 2008 年，一位看破红尘的姑娘来到了断崖边，她心爱的丈夫在一次车祸中永远地离开了她，她想选择死亡，到天国去寻找她的最爱。

罗斯看到了她，不说话，现场寂静且柔软。

他只是不停地吹箫，还将一杯杯香茶放在姑娘面前，姑娘回头时，看到了无数只鸟儿，它们伴随着彩云在天上飞，好美的场景呀。

姑娘一直倾听着，他们对峙了好长时间后，她将手递了过来，罗斯牵了她的手。

2009年春天，一个叫罗斯的小伙子和他的爱人出了一本书，书的名字叫做《如果一只鸟儿选择了轻生》，他们在书中讲述了自杀鸟的故事，并且讲述了她们美丽的相遇和爱情故事。在文章的最后，他们这样写道：

如果一只鸟儿选择了轻生，我们的双手虽然无力，却可以为它铺上柔软的草坪；如果一个可爱的人儿选择了轻生，我们的爱虽然脆弱不堪，也可以为他打开心扉，奏响一曲喜乐直通黎明。

今天真好，没有人自杀。

不要让我的父亲听到枪声

　　二十多个手无寸铁的老人闯进了格鲁吉亚军队当中，他们十分痛苦地叫嚣着，面无血色，他们甚至停下脚步，去夺军队手中的枪支弹药，格军面对这样一群老人，不敢开枪，只能节节败退。

　　这一幕发生在2008年9月的南奥塞梯，这座村庄叫奥尔村，村中有一千多户居民，由于躲避格俄冲突，他们举家远迁，或者投奔自己远在异乡的亲戚，只有这二十多个住在敬老院里的老人无奈地留下来，他们有一个共同的儿子叫霍斯，霍斯奉养着二十多个孤独无依的老人，平日里，他叫他们父亲，他们叫他儿子。

　　自从双方的军队驶入小村后，这里失去了安宁。父亲们大多有病，一旦他们听到惹人的枪声后，他们就会选择歇斯底里地怒吼，他们会钻进双方的军队里，大声阻止他们的暴行，虽然他们的举动是无助的、无力的，但至少，他们渴望和平。

终于有一次，格军方长官生了气，他抓住一位老人的脖子，警告他说：让你的儿子接你回家，躲进防空洞里去，不要让我再见到你，记住。

霍斯将二十多个老人领回家里去，但敬老院太不安全了，双方的军队剑拔弩张，随时会爆发新一轮的冲突。

霍斯终于想到了一个好办法不让父亲们听到枪声，他用一些废弃的防弹玻璃将整个敬老院围了起来，敬老院本来就不大，再加上大街上随处都有抛弃的玻璃，因此，他的这一构想在三天后完成了。

父亲们躲在这个太平空间里，枪声暂时远离，战争结束了吗？阿大依高兴地问着霍斯，霍斯撒着谎说道：是的，父亲，战争结束了，枪声已经远离我们的生活。

父亲们脸上露出久违的笑容，他们开始了他们原有的幸福生活，几个老人在一起下棋，还有几位在那儿玩捉迷藏，霍斯则陪同几位父亲在那儿浇花，好一幅美丽的太平画卷。

时间没有过多久，一支俄国军队发现了这里的情景，当时，他们发现这里不同寻常，竟然有人建起了一座玻璃式的建筑物，用枪打过去，竟然毫无作用。

阿伊果斯基领着自己的军队杀入了敬老院门口，在俄军撞破大门的一刹那，枪声又一次传入了老人们的耳膜里。

　　霍斯愤怒地望着眼前的这支军队，他对阿伊果斯基说着：住在这儿的人都是我的父亲，请你尊重他们的幸福权利，不要破坏他们的生活。

　　我们只是需要这些玻璃，它对我们十分重要。

　　不可以，你们不能够得到他们，面对战争的残酷性，也许这些玻璃是可以保证老人们幸福生活的唯一工具了，希望你们能够成全我的孝心。我们都有父亲，我相信你的父亲此时也在家中等待着时，他只希望你能够平安归来。

　　霍斯的话十分中肯，阿伊果斯基想了想后，他收回了军队，并且他下了命令给俄国军队：再行军时，绕过这座敬老院，不准向里面打枪。

　　霍斯于第二天下午又来到了格鲁吉亚的军队，当时他冒着被杀头的罪名。首领斜着眼睛看他，他讲明来意后，首领说道：这根本行不通，南奥塞梯已经属于我们的领土，要知道，敬老院是其中的一部分，我们必须宣示主权，这一点，谁也挡不住。

　　如果你们想要攻破敬老院，首先要杀掉我，如果你们不杀掉我，让我平安回去，就不要让我的父亲听到枪声，否则，我会砸破你们的脑袋。

　　霍斯在众人迟疑的目光下，竟然安全地离开了格方军队。军队里疯传着这个故事，格方的军队再次路过这座敬老院时，他们选择了绕行。

　　就这样，直至战争结束时，整个小村庄虽然被夷为平地，但这座敬老院却幸存了下来，有人在敬老院的门前发现了这样一个用俄语书写的标语：不要让我的父亲听到枪声。

一只捧腹大笑的老鼠

　　时间是 2000 年的冬日，地点是俄罗斯北高加索严寒地区，一个叫卡尔的法国记者误入歧途，无法闯出这片荒无人烟的地区。这些天来，他本来是想拍出世界上最经典的冰川照片，但他没有成功，差点付出生命的代价。

　　夜晚时分，他有幸寻到了一个牧人遗落的农房，他点燃了残剩的煤炭，为自己准备了一份简约的晚餐。

　　他突然间感觉到危险已经降临自己身边。许多不知名的老鼠们，它们原本就是这儿的主人，它们面对陌生的不速之客，开始了疯狂的反击。

　　这可苦坏了这个年轻人，他晚上辗转难眠，因为老鼠们对他形成了极大的攻势，它们撕咬他的口袋，将他所需的热源破坏掉。接下来的几天里，年轻人不得以做出了反攻的姿态。

他有幸找到了几瓶化学药品，这下子帮了他的大忙，他利用这些粘性的药品，顺利地抓住了十来只老鼠，他用铁笼子将它们关了起来，用以吓唬那些依然苟延残喘的余鼠们。

老鼠们老实多了，它们选择了退缩，屋子里只留下十来只被俘虏的鼠辈们。

一只大老鼠显然对年轻人鄙之以鼻，它依然横眉冷对，年轻人过来侍弄它时，它采取了疯狂嘶咬的不配合态度，这种态度直接带动了其他老鼠，它们随时准备与人类搏斗。

年轻人出外寻找出路，却找到了许多粮食，可能是以前牧民们留下来的。夜晚时分，他吃饭时，随手将一些苞米扔进鼠笼里。

接下来的几天，年轻人开始喂这些老鼠，他觉得，与老鼠们为伍也有独特的韵味，他甚至放弃了逃出去的念头，因为这儿实在找不到一条可以逃生的出路。

一个人会闷死的，与几只老鼠为伴也不失为一种好的选择方式。

老鼠们与他开始和平共处，直至几十天后，它们彼此十分熟悉，年轻人索性将老鼠们放了出来，它们已经对他失去了敌意，而成了最好的朋友。

老鼠们结伴寻找粮食，他们夜晚时分在小屋里会合，分享彼此的战略资源。

更为高兴的是，老鼠们居然找到了出山的道路，老鼠们领着他走出了那条山道，然后卡尔与老鼠们挥手致别。

那只特大号的老鼠，与卡尔依依不舍，卡尔忽然想到了自己的相机，当按下快门时，那只硕大的老鼠竟然捧腹大笑起来，这简直是一张再经典不过的照片了。

卡尔回到祖国后，将这张照片刊登在《巴黎时报》上，这引起了人们与动物和谐相处的最大共鸣。

动物也是会笑的，前提是人类该如何温馨、平等地对待他们，不让它们饱受战乱疾苦，不让它们面临猎杀与逃亡。

一只捧腹大笑的老鼠，笑出了它们的豪放与天真，笑出了人类固有的无知与野蛮。

如果上帝能够给我一个孩子

18世纪末的德国柏林，正在进行一场触目惊心的辩论赛，说它惊心，因为这场辩论赛的一方为德国教育界的前辈与权威们，另一方却只有一人。他年方四十有余，身材矮小枯瘦，他的观点刚刚说出口，便惹来一阵谩骂声，他的观点是：教育孩子不在于孩子有多大的天赋，而在于后天的合理努力。

对于当时的德国来说，正是宗教盛行的年代，他的这一言论无异于一颗巨石扔进大海里掀起一阵阵惊涛骇浪。有人说他疯了，这是在对上帝的挑衅，有人说这是个颠扑不破的真理，人生来事该做什么是注定的，也就是神所决定的，他简直该送到断头台上。

他的脸上始终挂着微笑，他坚持自己的观点是可以信得过的，他接下来继续对大家说道：我愿意做个试验，如果上帝能够给我一个孩子，我一定能够印证我所说的话。

　　在众人的吹嘘声中，这位性格孤僻的人离开了柏林回到自己的家中，他整理了自己的资料，期望着上帝能够给他一个孩子。半年后，他的妻子果然怀孕了，这对于他来说无异于一个天大的惊喜，他觉得是上天在帮助自己，便摩拳擦掌地等待着孩子的降生，但不幸的是，孩子却流产了。当这个消息不胫而走后，他遭到了前所未有的攻击，大家纷纷说这是上帝在责罚这个可怜的孩子，他的议论简直太嚣张了。

　　他的心也犹如刀绞，但他始终有这样一个信念：如果上帝能够给我一个孩子，我会好好地珍惜这个难得的机会。

　　这一等，便是十年的时光。在他五十多岁的时候，他的妻子却突然又怀孕了，他的目光中又泛起了久违的希望。十月怀胎，生下来是个儿子，但老天似乎是在考验他，这个孩子不仅不聪明，而且先天不足，体重不过 2 公斤，哇哇地哭叫声好像一只受伤的小老鼠，妻子无奈地说道：像这样的孩子，就是教育了也是白费力的。但他没有放弃，他坚信通过自己的努力，可以将孩子培育成一个健康、阳光、向上、有出息的人。

　　他教孩子读书时，先买来小人书和画册，把其中有趣的故事讲给他听，然后对他说："如果你能认识字，这些书都能看明白的。"有时他干脆就不把书中的故事讲给孩子听，而对他说："这个画上的故事非常有趣，可爸爸没工夫给你讲。"这样就激发起孩子一定要识字的愿望和兴趣。于是，他这才开始教孩子识字。

孩子有了读书的兴趣，就很刻苦了。不久，这个孩子就轰动了附近地区。他七八岁时，已经能够自由地运用德语、法语、拉丁语等六国语言，通晓物理学、化学，尤其擅长数学。9岁时就考入了莱比锡大学。这个大学的校长说："这个孩子已经具备了十八九岁青年们所不及的智力和学力。"很显然，这是他实行早期教育的结果。1814年4月，未满14岁的孩子授予哲学博士学位。两年后，又获得了法学博士学位，并被任命为柏林大学的法学教授。

这个奇怪的老者，就是著名的教育家卡尔·威特，他因一本名叫《卡尔·威特的教育》的书而闻名天下，他是现代教育理论的先驱，他的儿子小威特23岁时出版《但丁的误解》一书，成为研究但丁的权威。

看来，上帝也有成人之美的，他不包庇错误的理论，而是满足了卡尔的愿望，从而成就了他的伟大成果。

第五辑

给自己找一个天使

如果世界上没有人送给你天使，你就自己找吧，漫不经心地探寻，看花、看世界，看每一轮游轮像箭一般消失在地平线深处。终于有一天，你沉浸下来时，才发现，原来眼皮所掠处尽是天使，自己也是天使。

戴白手套的孩子

1979 年的洛杉矶，正是隆冬时节，一场盛大的音乐会正准备在市音乐厅举行，广场上胡同里挤满了前往观看的人群。

一个黑瘦的孩子，艰难的挤在人群中，他身上补丁成群，与时节和周围的环境十分不相称。令人醒目的是，他的右手上戴着一副崭新的白手套，这也许是他身上唯一的亮点。他饿着肚子也向音乐厅的方向赶去，他的耳畔早已经回响起那近乎遐想般的天籁。

他无钱购买一张昂贵的门票，被保安挡在门外，眼里藏满了泪水，左腰被保安人员捅得生疼，他哭了，眼泪纷纷，像极了片片雪花。

正在此时，角门处一个黑黑高大的极像明星模样的人闪了出来，他也许是出来呼吸一下外面的新鲜空气，也许是他想着先适应一下人多的环境，好一会儿表演时一气呵成。总而言之，他闪烁的眼神中里容下了那个男孩子哭泣的背影。他径直向他走来，简单地问了他几句后，他与保安打招呼，保安见到他，毕恭毕敬地，对他敬重万分的样子，然后他拉着那个孩子进了音乐厅的大门。

由于座位有限，他将他安排在第一排最边上的站位上，他说一会儿自己要登台，孩子高兴地说道：我会为你鼓掌的，白手套为标记。

音乐会开始了，非常精彩。等到他上台时，孩子在下面疯狂地舞蹈着，跟随他的步伐不停地挥舞着白手套，站在台上的他，看到一道白光在人群中晶莹着，顿时间，他感到热血沸腾。那天，他成了整座音乐厅唯一的主角。

演出结束后，他抱住孩子飞快地旋转着，他要感谢他，感谢白手套，临别时，他对孩子说道：能将你的白手套给我做个纪念吗？孩子犹豫着，他接着说道：以后有我的演唱会，我会邀请你参加的，并且请你吃这世上最愉快的、最有味的晚餐。

孩子将戴在右手上的白手套摘了下来，顿时，他惊呆了，孩子的右手僵持着尽是白骨，他很快明白过来，一把将孩子抱过来潸然泪下。

在以后的演出中，戴白手套成了他的一种标志和时尚，也成了一种经典。他扭动着腰肢，手中的白手套就像一位可爱的天使，与音乐同在，与灵魂同在。

　　再后来，他在白手套上镶满了闪亮的银片，这更加深了他的成熟度和神气，并且添了几丝神秘般的色彩。

　　众所周知，迈克尔·杰克逊以紧身裤、白手套、礼帽、白色棉质袜和黑色皮鞋造就了自己经典的装扮，但其中，最被歌迷们所推崇的，就是白手套。模仿杰克逊的人们总会戴着白手套，无数次地重复着表演那些可爱的、令人难忘的镜头。

　　那个戴白手套的孩子，是世上最幸运的孩子，也是世上最有创意的孩子。

站在可乐瓶上撒尿

可口可乐公司在比利时全国征集广告，要求立意鲜明，能够提醒人们关注可口可乐产品。应征者如云，最后有一个广告创意吸引了众多评委们的注意。

广告的策划者来自比利时布鲁塞尔，他利用撒尿小孩于连的英雄事迹为依托，设计出了于连向可乐瓶内撒尿的创意。

评委们认为此种创意不仅契合当地国情民情，更有英雄般的史诗痕迹，所以决心采纳这个创意。

但可口可乐公司总裁史蒂夫·海娅却提出了这样的疑问：他觉得向瓶内撒尿不雅，虽然于连是个英雄，可毕竟尿是污浊的东西。因此，他要求评委组重新考虑。

评委组十分郁闷，在没有办法的情况下，他们召集了广告的策划者海姆，要求他改掉自己的创意。海姆直摇头，他不想违背自己的设计初衷。

傍晚时分，海姆去咖啡馆喝咖啡，这是他多年以来的一个习惯，咖啡馆的老板叫扎尔斯，是个失业多年的广告创意人。海姆正在喝咖啡时，远远地看到咖啡馆门口一个年仅五六岁的孩子，正站在台阶上朝着下面的马路上撒尿，这正好与自己的设计理念相吻合，他有一种冲动的狂热感，觉得可口可乐公司的总裁难为人，不打破常规，如何迎合大多数人的心理。

扎尔斯却突然赶到孩子面前，对他说道：你这样做不好，你应该站在可乐瓶子上面撒尿，站得越高，尿得越远，并且还能够使人记住可口可乐。

这简直是一个伟大的创举，海姆喜出望外，扎尔斯却一脸微笑地走了过来，他说道：能够帮助你，是我最大的荣幸。

海姆将与扎尔斯商量好的创意递交了可口可乐总部。撒尿小孩于连，站在可口可乐瓶子上面撒尿，尿是事先设计好的自来水，溅落到一米以外的圆盘里，形成一种循环水，低碳环保。

可口可乐公司最终采纳了他们的设计方案。如今你到比利时布鲁塞尔广场上时，就可以看到于连威风凛凛地站在可乐瓶上面撒尿，许多行人驻足观看，他们由此更加喜爱营养怡人的可口可乐。

"差之毫厘，谬以千里。"虽然只是轻微的改动，却使得整个故事的创意完全增加了史诗般的光彩。原来是无理取闹，人怎么可以喝得可乐瓶里的尿，现在却是中肯而不失幽默。英雄站在可乐瓶子上面，赋予的是更加真实的感情世界，更加贴切的品质保证。

余光

一大群仰望幸福与安宁的信徒们聚集在神庙门口，他们纷纷睁大了渴望神灵的眼睛，想透过狭窄的庙门，看到那幸福的一束光穿过自己的眼眸，一旦有一丝的希望掠过一个人的脸颊，那些原本失望的人群会重新雀跃起来，拥作一团。

这幕场景每天都会发生，但前来瞻仰的人却越来越少，直至多年以后，这座庙宇坍塌掉，再无人问津。庙宇当中的神像也破烂不堪，蜘蛛将自己的终生梦想凝结在此地，结成一道道藏着失望与希望的网。

印度卡卡尔神庙，在众人疑惑的目光中失去了最后一道光环，甚至有人提出来要将其拆掉，因为它已经没有了存在的基础。许多年前映入人们眼睑中的神光再也没有出现过，这或许也是当地越来越贫穷越闭塞的主要原因，甚至政府也失去了对此地再投资的信心。是神祇的低调，还是人们的愚蠢，谁也说不清楚？但渴望见到神光的人就像失去的岁月一样，沧海一粟，聊若晨星。

三十年前的一个黄昏，天降奇雨，一个落魄的书生躲雨巧入此地，他推开了卡卡尔神庙尘封多年的大门，那塑神像被岁月早已经蒙盖了金身，书生为了给自己寻找一个容身之地，将神庙门里的所有灰尘扫去，他看到了神像久违的眼睛，依然炯炯炯有神地凝视着世间沧桑。

一夜没有故事。第二天清晨，当他驻足观赏窗外的无边秋雨时，他忽然间用眼角的余光发现了神像在掉眼泪，眼泪中浸满了神奇的光芒。他颤颤惊惊地回过头去，却什么也没有看到，他又去看窗外时，余光却又出现了，神像的眼神中的确产生了神光。

用正常的眼神看不见的神光，居然用眼角的余光可以看得见，这到底是怎么回事？

公子愈发郁闷不已，但这则消息很快传遍了当地，人们争相前来膜拜，几乎所有的人都有这种感觉，必须用余光才能够看清楚这道神光。

不管用什么样的方法，神光到底还是出现了，当地人无比兴奋。在接下来的几年时间里，当地原本封闭的人们打开了思想，他们建起了一幢幢高楼大厦，修了无边的铁路，卡卡尔迅速兴盛起来，所有这一切的改变都得归功于神光的降临。

　　二十年前的一天，还是一个黄昏，几个印度南邦的人误入卡卡尔神庙，他们中间有一位神学家，他们也看到了那道神光，打破了当地人传言的只有本地人才可以看得见的魔咒。一时间，风起云涌、甚嚣尘上。

　　神学家揭开了用余光能够看见神光的秘密，他十分哲理地告诉大家：我们的目光每天都在浪费着，就像许多人浪费时间与爱情一样，正眼看不见神光，这是卡卡尔神像对世人的警告：那些浪费了的，原本却是最重要的，或者是你本不该拥有和制造的。

　　卡卡尔神像依然香火鼎盛，每天前来拜祭的人络绎不绝，他们依然可以看到神光赐予的幸福与愿望，却没有几个人能够悟通这样的道理。

　　多余的，其实都是浪费掉的；浪费掉的，有时却是最好的，比如初恋、童年，还有梦里的衰墙、老路和苍空。

为乞丐办『培训班』

　　英国北部有一座小镇叫德伍镇，镇上十分繁华富足，居民们安享着太平幸福的生活。但镇长却长时间一直为一件小事苦恼，镇上的长椅上、台阶上通常会占满了从全国各地赶来的乞丐，他们占尽了公园的一隅，在地上乱扔污物，或者是将长椅上涂满废弃的油漆，以示意他们也可以成为能工巧匠。

　　镇上下了多次决心，要驱逐乞丐，但这样的效果并不好，通常会使得乞丐们变本加厉，他们会更加恶作剧式地拉帮结派毁坏公用建筑，镇长终日为此事郁郁寡欢。

　　忽有一日，镇上一个叫塞夫的心理学家走进了镇长办公室里，他说自己有办法使得乞丐们遵守镇上的法规，但需要给他半年左右的时间，临走时，他们签了一份付款协议。

　　半个月后，镇上有一家名字叫做"乞丐培训班"的机构成立了，社长是塞夫先生，他的手下只有十来个人。塞夫吩咐手下将乞丐们接入"培训班"里接受培训，但并不强制。乞丐们纷纷驻足张望着，他们以为这只是一个现实版的"天方夜谭"。

一周后，第一个乞丐好奇地进入了培训班里，他首先被几个人带进洗浴室里洗澡，然后换上全新的衣服。"培训班"里到处都是镜子，乞丐抬头就可以看到镜子中的自己，有些兴奋，同时还有些难为情。不仅如此，乞丐于第二周被带入了教堂里，听了一段赞美诗，然后又被领进音乐厅里听音乐，如此反复循环，直到乞丐想离开这个地方为止。

这个乞丐穿着崭新的衣服，出了"培训班"的大门，看到街两边站满了吃惊的乞丐，他们打量自己的眼神十分特别，乞丐觉得应该恢复自己原来的生活，便想找个地方坐下来，找几块废弃的饼干充饥。可是，当他的手触摸到那些糟糕的饼干时，却感到与自己新鲜的衣服不相衬，便收回了自己的双手。

这个乞丐转了半天时间，仍然没有找个属于自己的合适的地方，他于傍晚时分重新回到了"培训班"里。

他的这个异常举动吸引了许多乞丐。接下来的时间里，"培训班"里的人忙得不亦乐乎，他们需要加班加点地为新来的乞丐兑现班里的流程。

半年时间过去了，"乞丐培训班"里高朋满座，大街上却少了许多乞丐。镇长亲临"培训班"视察时却发现，乞丐们正以全新的面貌接受培训，他们需要背《圣经》，接受文化课培训，还会参观附近的加工厂。塞夫先生正与一个加工厂的经理在协商什么事情，经理临走时，他们草签了一份协议，塞夫先生拿起来看时，却发现是一份用工协议。

就这样，塞夫先生用半年左右的时间，改造了镇上几乎所有的乞丐，使得他们改头换貌地成了当地公民，然后在企业里打工维持生计。

镇长激动地拉着塞夫先生的手，请教他成功的秘诀，塞夫先生说道：乞丐们需要首先自尊，然后才能赢得别人的尊重，最好的办法不是驱逐，而是改造他们，将他们的灵魂挖掘出来，让他们的自信心重新占领生命的高地。

接下来的时间里，我打算再建一个"乞丐婚姻培训班"，我想着一定会宾客如云的。

最后，塞夫先生斩钉截铁地说道。

将餐厅建在火山口上

西班牙兰萨罗特岛是一座著名的火山岛，据不完全统计，岛上约有火山口 109 个。在历史上的 1730 年，109 个火山口同时喷发，旷日持久达三年时间。岛上三米以下的地表温度高达 600 度，长此以来，岛上生物极少，人类更是不敢涉足。

1998 年 3 月，一个叫伊尔的男人与自己的妻子，为了躲避仇人的刺杀而遁入此地。他们为了生存，捕猎附近海里的鱼儿为生，开始时只能吃生的，后来身体有病，伊尔无意中发现了地表里炽热的温度，他喜出望外地利用地表的温度将鱼儿烤熟，味道还十分鲜美可口。他们在此地住了三年时间。

2001 年夏季，几名游客途经此处，上岛游玩。中午吃饭的时候，他们以高价格买了伊尔夫妻的一顿午餐，游客走时还哀叹此处这么好的风景，为何政府部门无人开发。

　　说者无意，听者有心。伊尔在外面欠了巨额债务，根本不敢回家，做梦都想着发财，如果将这座小岛利用起来，开发成旅游胜地，一定会吸引无数游客慕名来访。

　　他上了大陆，找到了政府部门联系此事，政府开发部门一直为此岛的开发大伤脑筋，听完伊尔的倾诉后大喜过望，免费征给伊尔一大片区域，并且还贷了款给他。伊尔迅速地将兰萨罗特岛固定区域开发了宾馆和餐厅业务，并且在公共汽车上、电视上和报纸上登出了广告，以吸引游客的注意力。

　　广告中打出的特色餐饮——利用火山口烧烤的消息震惊了整个西班牙，一时间，风起云涌、人满为患。政府不得不派警察维持秩序，并且限制人口进驻兰萨罗列岛，这样的情况加剧了人们的猎奇心理，一时间"洛阳纸贵"，登岛者预约成风。

　　上岛者好奇地看着餐厅的服务员做着各式各样的烧烤，深挖的坑里热气腾腾，烧烤就在坑里进行，自然无污染。吃着烧烤，喝着香槟，看着远处的落霞与孤鹜同飞，火山与海洋一色，然后再住到露天的宾馆里，看着月亮与星星在天空中调皮地打着架，这样的享受绝无仅有，真是让人们流连忘返，宛如进入了世外桃源。

　　伊尔的生意蒸蒸日上，本来可以扩大规模，但聪明的妻子却劝阻了他：盲目扩大会失去了质量与信誉，每天保持100名就餐者，多了得预约，为大家留着永远的念想。

　　伊尔在五年时间里，带动了整座兰萨罗特岛的开发，他赚取了金融危机时间最大的利润，政府部门欣喜若狂，将伊尔封为整座岛屿的官员，专门负责整座岛屿的开发工作，并且授予其"荣誉岛民"的称号。

今天的兰萨罗特岛，利用火山口资源已经成为一种文化和时尚。冬季时，这儿温暖如春；夏季时，感受着与众不同的强烈热度，全是自然的，一点儿也不矫揉造作，简直是浑然天成，鬼斧神工。

将餐厅建在火山口上，多么充满智慧的创举！！

用雪建造的神奇酒店

瑞士首都尼泊尔东面有一座大山，大山无名，长久无人开发，冬季来临时积雪成堆，无数登山爱好者便慕名造访，将这儿当成了他们游玩的天堂。

一个叫道瑞夫的滑雪爱好者，无意中迷了路，月亮上来的时候，他依然被困在雪山里无法突围。虽然他随身带着食物和饮水，但没有房屋，夜晚气温逼到零下10度，如果在短时间内找不到避寒的场所，自己肯定会被冻坏的。

无奈之下，道瑞夫开始在雪身上下工夫。他以前做过泥水匠，想利用雪的硬度挖一个防空洞避寒，但这样极有危险性，因为要防着雪崩的发生。

道瑞夫试着挖了几个，都以失败而告终，不是雪屋崩溃，就是雪零散成堆，根本无法成行。零点过后，寒意袭来，道瑞夫浑身冰冷，几乎冻僵，他不得不到处活动着。

后夜时分的寒冷使得雪冻了起来，道瑞夫发现这个秘密后，喜出望外，他迅速地挖好了一个雪屋，为了抵挡严寒，他在雪屋里做了几个拐弯，住进去以后感觉温暖如春。

就这样，道瑞夫捱过了一个夜晚，第二天搜救的队伍发现了他，将他救了出来。

道瑞夫回到住处以后突发奇想，他想建造世界上第一个雪花酒店。他招来了几个幼时玩过的泥匠们，他们听说完纷纷摇头，说雪与水泥不一样，它无法凝固，如果到了夏季，岂不是全化成水了，投资大，收益甚微。

道瑞夫也觉得有点天方夜谭，便搁置了这样的思想。

若干年后的 2008 年，他重新拾起了自己多年前的梦想，在无人帮助的情况下，他建造了世界上第一个用雪做出的酒店，虽然只有三间，却令他欣喜若狂。在冬季，他领着朋友们到自己的雪屋里游玩、居住，喝酒划拳，怡然自得。

第二年冬季来临时，在瑞士，他建造了能同时满足五十人居住的雪花酒店，并且在报纸上登出了广告，好奇者如云，试住之后，感觉良好，一时间，好名声传至四面八方，游客如织。

如今在欧洲六个国家，道瑞夫都建造了雪花酒店，除了住宿外，在酒店附近，他还开发了其他附属产品，如温泉疗养、露天酒吧等。

在金融危机时期的欧洲，道瑞夫的雪花酒店生意却异常火爆，许多失意的人过来疗伤，失恋的人在雪屋怀想自己未来的爱情。

虽然神奇，但冬季过去后，雪花酒店便必须拆除。因此，每年的夏秋季节，是雪花酒店的停业整顿期，在这段时间里，道瑞夫通常什么也不做，厚积薄发想着今年冬季如何增加新的项目等等，他的想法通常会付诸实施，并且收到意想不到的效果。

脸谱的惩罚

扎克伯格是个顽皮的老板，他在少年轻狂的状态下创业，建造了不同于盖茨的一套赢利系统。他狂妄、嚣张、玩世不恭，他的下属可以和他疯狂，可以和他谈天说地，可以煞有介事地邀请他喝一杯两杯，甚至是多杯啤酒后大骂世事与苍生，但扎克伯格却从不希望自己的员工迟到。

脸谱名不见经转时，便确立了严格的考勤制度。扎克伯格以身作则，每天早到十分钟，这样的制度对于一个爱睡懒觉的玩劣之徒来说，多少有些残酷，但扎克伯格从不犯规，即使在谈女朋友期间，哪怕他与女友狂欢一夜，也会于第二天一早容光焕发地坐进自己的办公室里。

但总会有人迟到，扎克伯格开始时便是处罚，对爱睡懒觉的员工进行经济处罚，但这种方式不人性化，员工通常会带情绪工作，扎克伯格突发奇想，他想到了一种快乐的惩罚方式。

通过私人医生的介绍，扎克伯格知道了通常爱睡懒觉的人健康上都有轻微的问题，这缘于他们缺乏锻炼。鉴于此，扎克伯格想到了脸谱特有的处罚迟到的方式。

扎克伯格专门腾出了一间大型的休息室，里面买了各式各样的健身器材，如果哪位员工迟到了，按照脸谱的规定：下班后晚走片刻，在休息室里自觉做完规定的健身项目，而这些，由视频进行监控。

这样的惩罚独具匠心，刚刚推行时管理层不解，认为这会惯坏了员工，扎克伯格这样解释：惩罚也要愉快地进行，这样的惩罚既可以起到惩戒的作用，又可使他们锻炼身体，身体好了，赖床的毛病自然而然会得到改善。

扎克伯格提出了这样的企业文化：做一名健康的员工。只有员工健康了，才有可能为企业带来健康的效益。因此，在脸谱所制定的所有制度中，都将惩罚娱乐化，也正因为此，脸谱才赢得了良好的口碑，对客户、对员工、对个人，都爱憎分明，绝不唯利是图。

脸谱的经验告诉我们：惩罚也是生活与工作中的重要一部分，惩罚不必那样严肃拘谨，也可以快乐地进行。

世界上最丑的
酒店

2000 年秋天，阿拉伯迪拜市政府准备在棕榈人工岛上兴建一个世界上最有特色的酒店，酒店的名字叫亚特兰蒂斯酒店，市政府在全球招募方案设计者，条件之一便是最有特色。

应征者如云，政府秘书长瓦尔特在小山一样的方案中走来走去，他无奈地摇头叹息，扔掉了一地的白纸。

由于选择不出更好的方案，瓦尔特只好象征性地选了一些看似奇特的风格送到了市长撒塔的办公桌上。撒塔对这样的设计效果感到十分不满意，他认为瓦尔特根本没有用心工作，在海报的宣传上没有下工夫。

深夜时分，瓦尔特无奈地重新翻阅着设计方案，突然间，一个相貌奇丑的设计图纸映现在他的眼眸里，不伦不类，不像建筑，有西式风格，且有东方古老的神韵，这样的方案也要尝试吗？瓦尔特看了看作者的名字：桑伯斯。

　　瓦尔特第二天却接到了一个意想不到的电话，打电话的人，正是那栋丑建筑的设计者桑伯斯，他在电话中阐述了自己的观点：最丑的，也是最有特色的。

　　瓦尔特无奈之下，将设计方案放到了撒塔面前，撒塔看了方案后，觉得有些意思，只是要求更换地再美丽些。

　　而桑伯斯却在电话中拒绝了瓦尔特的要求，他坚持认为这是一种无理，是对作品的亵渎，艺术是不容删改的。

　　瓦尔特向市长汇报了此事，撒塔毫不在意地将这个方案扔进了垃圾筒里，他们要重新选择好的设计方案。

　　半个月后，报纸上却刊登了这样一条消息：最有特色的设计方案被市政人员扔进垃圾筒里，报料的人就是作者桑伯斯，不仅如此，桑伯斯还给国家首脑去了电话，认为迪拜市政人员耽误了他的设计方案，要求国家元首出面澄清此事。

　　瓦尔特和撒塔无奈之下，只好动用了迪拜市的许多高深设计专家，请他们对桑伯斯的设计方案进行甄别。桑伯斯被邀请到位后，他淋漓尽致地解释了自己设计的初衷，重点突出了一个丑的特色，并且谈了自己对于丑到极致的理解。

　　投票表决后，大多数人认同了桑伯斯的看法，这套世界上最丑的建筑设计方案最终通过认定。

　　2008 年，亚特兰蒂斯酒店开张，世界各国政要被邀请入住，由于良好的居住环境和知名度，加上诡绝的特立独行的建筑式样，酒店得到了高度赞扬。

2012 年初，美国 CNN 评选世界上最丑的建筑，亚特兰蒂斯酒店当选，不过 CNN 很快做了澄清：最丑的建筑，也是最有特色的建筑。

最丑的，不一定是最不好的，丑也是一种特色，也是一种能力与资本。或许去过亚特兰蒂斯酒店的丑角们会哈哈大笑起来，因为在这里，他们收获高贵的同时，也赢得了自信与平衡。

所以从一定程度上说：长的丑的人，最喜欢来这家酒店。

将树叶做成快餐盘

　　普拉尼是尼泊尔首都加德满都的一个餐厅老板，全球金融危机过后，他的生意异常冷清。为了拉拢生意，维持日常生活，他不得已中止了餐厅买卖，转而去销售盘子，盘子在当地销售情况非常好，并且还可以出口。

　　他的盘子并没有收到设想的成果，反而使他的资金链断裂了。也就是说，他不得不面临歇业的危险。

　　普拉尼十分恼火，他在大街上到处宣传自己的瓷器盘子，尽管他费尽唇舌，苦心孤诣，却没有引起大家的注意，金融危机重创了大家的钱袋子。

　　一天傍晚，他的儿子小普拉尼兴奋地闯入家里，手里面举着一个用树叶制作的盘子，这是他的恶作剧，他与几个小伙伴们一块儿，将地上掉落的树叶制作成了几十个大盘子。晚饭的时候，儿子还煞有介事地将食物盛在盘子里，端到神情沮丧的普拉尼面前。

普拉尼的眼前一亮，望着手中的盘子突然间遐想起来，如果用树叶制作盘子，不仅环保，成本低廉，还可以一次性使用，不用清洗。可是，儿子手里的盘子十分松软，如何才能够让它坚硬无比呢？

普拉尼第二日与儿子展开了一项竞赛，看谁能够让用树叶制作的盘子更加结实，结果儿子却成功了。儿子与小伙伴们一起，将树叶捣碎后加压，制作成了不会散架的盘子。

这个结果让普拉尼喜出望外，他迅速购置了相关简易的加压设备，并且于冬天来临前制作出了一百个树叶盘子。

拿到市场上去卖，宣传攻势明显，引起许多餐厅老板的好奇心。一打听价格，十分便宜，便尝试着购置了几个回去使用。

在 2011 年冬天，普拉尼的盘子生意异常火爆，他一共销售出来尽 200 万只树叶制作的盘子，普拉尼共赚取约 30 万美元的利润。他的成功带动了当地此项产业的剧增，普拉尼成立了连锁制作公司，加盟他旗下的小公司不计其数，原来碾落成泥的树叶也成了畅销产品，大街小巷，到处都在搜寻树叶的下落。

普拉尼却在做回收废弃盘子的主意，他成立了回收公司，将大家用废的盘子回收过来，重新复制后进行使用。

2012 年初，普拉尼被尼泊尔政府授予"低碳环保"特别大奖。

　　一片小小的树叶，竟然成就了普拉尼的致富伟业。看来，这世间每件物品都有其存在的价值，缺少的，只是发现它们的眼光与灵气。

小人物如何淘得第一桶金

菲律宾首都马尼拉，有一群个子异常低矮的小个子，他们平均身高只有 1.5 米。由于找不到工作，他们只好到处坑蒙拐骗，一时间，成了政府的大难题。

他们选了其中一个叫尼尔的家伙当领导，组成了十足的小人物帮派，与政府对抗，整日里无所事事，游手好闲。

一日，尼尔正实施抢劫时，被一个家伙逮了个正着，双方准备展开搏斗之时，那个家伙却语势逼人的埋汰他们是社会的渣滓、败类，只会做些蝇营狗苟的勾当，不会做正经的事情。语言像一把刀，直刺尼尔的尊严，其余人怒不可遏时，尼尔却拦住了他们。

夜晚时分，尼尔睡不着觉，他没有想到，社会的人对他们的评价如此之低，简直到了人神共愤的地步。再这样下去，不仅无法立足，还有可能成为社会的公敌，会被警察局列为下一步的追逐目标。

尼尔白日里没事时到各个景区玩，起初的想法是做个小买卖，因为景区里游人如织，相信会有好的经济效益，可后来发现有无数个老头老太太们在发展着他们的想法，他垂头丧气地坐在沙堆上面，沙子无助地将自己埋了起来。

几个调皮的孩子过来玩耍，竟然将他当成了小丑，不停地戏弄他，吵着让他表演节目，说会给他报酬。尼尔灵机一动，忽然想起了如果组建一个小人物团队，在沙滩上进行表演，是不是会收到意想不到的效果。

他将自己的想法说给了其他人听，他们纷纷摇头表示拒绝，尼尔并没有气馁。他动员了几个小人物，然后经过精心的排练后，于第二天上午，在马尼拉市直公园里，七个小矮人的形象新鲜出炉，他们一会儿站着，一会儿坐着、咬耳朵、唱情歌、说俏皮话，吸引了无数孩子的注意力，他们第一天的表演以胜利而告终。

其他小矮人闻风而动，纷纷要求加入他们的矮人团队。2011年整个夏季，菲律宾全国出现了七个矮人艺术团，他们在全国各地巡回演出，万人空巷，门庭若市，尼尔的艺术团队取得了惊人的成功。

如今这些小人物们并没有被短暂的胜利冲昏头脑，他们乘胜追击，准备在邻国缅甸进行自己的商业演出，并且已经取得了出国的签证。

每一个人都有他存在的价值，哪怕他微不足道、弱不禁风。小人物也可以找到属于自己的春天。

垃圾圣诞树

2011 年 11 月 20 日夜晚，在美国华盛顿市独立大街，一个叫伊卡的环卫工人，正在紧张地进行着自己的工作，他的思想里却筹划着即将到来的圣诞节，想给自己的妻子与儿女们一个惊喜。

他手头没有过多的余钱，不说是捉襟见肘吧，可也是勉强生活，金融危机袭击下的全美，无一幸免。

下班时，他跑到了国会大厦前观看摆好的圣诞树，千灯万灯，群芳争艳，美丽的场景令伊卡触目惊心。他想着给全家人买一株幸运的圣诞树，可一看价格却泄了气，他垂头丧气地回到家里。

21 日夜晚，他清扫大街时，发现了许多废弃的旧木板，他灵感突至，觉得如果用这些废弃的垃圾做成一棵硕大的圣诞树，是否会带来视觉上的冲击感。

在几个环卫工的配合下，他们在工作之余，制作了一株高三米的圣诞树，树枝是用破旧的木头制作的，树叶子用废弃的旧花，没有彩灯，便将蜡头当作点缀。

这株高大的圣诞树做成后，并没有引起路人的注意力，却引起了《纽约时报》一位记者的注意力。他正在搜寻圣诞节期间的奇人乐事，他将这则照片发到了网上，并且刊登在纽约时报上。报纸登出来后，万人空巷，大家争相去看这株可爱的环保圣诞树。

有个富人提出要购置这株圣诞树，还问伊卡是否可以批量生产？伊卡却拒绝了富人，这是自己亲手制作出来的，说是要送给自己的家人作为圣诞节礼物的，意义十足。

次日凌晨，一群孩子拥进了伊卡的家门，他们送给了他们家许多可爱的礼品，目标却是想购置这株可爱的垃圾圣诞树。

伊卡的家里聚满了人，环卫工人们联合起来，请伊卡做领导，连夜制作垃圾圣诞树。伊卡开始时不同意，后来觉得这也是一项快乐的工作，便答应下来。

为了保证产品质量，伊卡学着制订了质量标准，并且要求所有的部位不得用好的零件，全部是废旧的扔弃的零件，以体现环保的要求。

圣诞节前，垃圾圣诞树卖出了近百株，购置的长队如蛇一样蜿蜒到了总统府门前。

圣诞节马上就要过去了，伊卡的思维却依然奔腾着，他提出了这样的想法：不仅是圣诞树，其他工艺品，我们都可以考虑用垃圾制作，只要注重产品质量，再旧的零件也可以制作出精品来。

伊卡组建了自己的垃圾工艺品公司，成为全世界注册垃圾工艺品公司的第一人。

红绿灯小人带来的财富

1961 年岁末，东德交通大学的一名心理研究员卡尔下学回家，他开着车子，在雾色弥漫中小心翼翼地行驶。他眼睛不太好使，总是看不清红绿灯的相关信息，这使得他多次闯红灯而接受处罚。

尤其是雾色缭人，他更加紧张起来。

驶过一条十字路口，他看到了前面绿灯闪烁，便加大了马力，冷不防地，从另一面闯过来一辆奔驰，与他的小车撞击在一起，卡尔瞬间感到天晕地眩。

卡尔醒过来的第一个反映是对方闯了红灯，他从医院的病床上站起来，想去质问那个受伤的小子。

警察却在等候他，通知他闯了红灯，自己是这次交通事故的主要责任人。

　　这怎么可能？明明眼前是绿灯吗？经过多次比对现场录像，卡尔败了北，他与警察局理论说这种交通信号灯显然有问题，如果遇到雾天，会对行驶者造成严重的视觉障碍，他请求更换这种倒霉的信号灯。

　　警察局很快回了信：犯了错误，却怨信号灯，这是在逃避责任。

　　拘留了数日后，卡尔回到家里，下决心研究一种新型的、可观度强的信号灯，来代替这些微小的信号灯。他几经辗转，提出了无数种设计方案，却遭到了柏林交通委员会的质疑。在一次看动画片的过程中，他发现了一种小人的卡通的形象，他们摇摆的姿势既吸引人，又可以产生愉悦感，他喜出望外，一夜之间，设计出了红绿灯小人。

　　方案呈交后，受到了柏林交通委的高度重视，他们经过认真研究后，1969 年，戴帽子的红绿灯小人首次出现在柏林的菩提树下大街与弗雷德里希大街上。红绿灯小人一经展示，产生了强烈的反应，柏林市民认为这种形象和蔼可亲，使人在烦恼的工作之余产生快乐，这种信号灯从人性化的角度考虑，值得推广。

　　两德统一后，红绿灯小人一度被政府当局否定，销声匿迹了好长时间。卡尔与红绿灯小人的志愿者一直在行动，终于在2009 年，红绿灯小人被德国纳入交通系统中，全德国的十字路口统一更换成了崭新的红绿灯小人形象。

　　不仅如此，商家找到了卡尔，要求生产与红绿灯小人形象相关的纪念品、画册和动画片，卡尔成了炙手可热的商端人物。如今，卡尔已经成立了一家专门推广红绿灯小人的中介公司，他们设计出来的红绿灯小人形象涉及 T 恤衫、冰箱贴、水杯、钥匙扣等，几乎柏林所有的旅游品当中，都有红绿灯小人的形象。

　　年迈的卡尔在晚年赚了个盆满钵盈，媒体采访他时，他无不幽默地介绍道：一位西德人让"东德制造"成为如今柏林的非官方文化代言，也算是历史老人的一个冷幽默吧。

首相牌苹果

日本大地震后，满目疮痍，经济遭受严重冲击，原本就已经复苏乏力，现在无异于雪上加霜，工业、商业和手工业都受到不同程度的影响，失业率陡增。

日本东京北郊的一个街头，有一家苹果店，经济危机前，效益很好，老板谷平佳一是个营销的高手，他经常变换营销方法诱惑消费者前来购置可口的水果，但大地震后，每况愈下，直至无人问津，如何在危机中找到转机，谷平佳一费尽心机。

他曾经在苹果的表面下足了工夫，比如说将日本的一些漫画，中国的一些山水画镶嵌在苹果表面，但收效甚微。日本人现在每天做的工作除了谩骂外，便是怨天尤人，他们根本没有工夫欣赏享受所谓精美的图画。

谷平佳一的生意十分惨淡，后来干脆到了关张的地步。

一日，他的儿子拿着野田佳彦的头像进了家里，儿子解释说新首相上台后，现在学校里许多人都有了首相的头像。谷平佳一知道这是首相在提高民意率罢了，儿子拿着头像在苹果山中到处奔跑，时而调皮地将头像印在苹果上面，然后让父亲看自己的恶作剧。

这样的场景触动了谷平佳一，一个新的想法像火山爆发一样占据了自己思想的高地：如果将首相的头像绘在苹果上面，会是怎样的一种效果？

这样的出招有些奇特，但效果会不会好，自己也说不清楚，只不过会满足人们猎奇的心理罢了。将政治人物水果化，谷平佳一突然间感觉灵光乍现。

他试着做了第一批苹果，兜售到各个销售点后，竟然转眼间销售一空，许多人将目前的处境归罪于政府的无能，能够将首相吃掉，无异于满足了一部分人渲泄的心理，这样的苹果成了抢手货。

第二批苹果转眼间也售罄，谷平佳一的目光中出现了少有的欣喜，这还不说，由于需要绘画，他的苹果销售竟然带动了两家绘画公司，他们加班加点地将谷平佳一的苹果画上首相的头像，苹果的成功带动了两家绘画公司的胜利。

半个月后，谷平佳一觉得应该继续改变策略，首相的头像已经出现了审判疲劳。对了，奥巴马是日本的后盾，也是日本金融危机的罪魁祸首，这样的想法使得谷平佳一马上开始行动，总统牌的苹果与首相牌的苹果同时出售，一时间，云里雾里，街里巷里，到处都是这样的苹果。

这个叫谷平佳一的家伙绝非浪得虚名，他简直就是个商业奇才，他现在已经将各种政治人物和历史人物的头像运用到苹果上，消费者吃苹果的同时，可以满足各种各样的猎奇心理，就连首相野田佳彦听说此消息后，也排着长队前去购置贴有自己头像的苹果。

异出突起、出奇制胜是战场和商场上能够取得胜利的法宝。危机并非一片荒芜，危机里也有阳光，只有眼光独特的人，才能在一片衰草里拣拾到属于自己的野花和春天。

为总理洗澡

希腊危机漫延至全国，甚至全欧洲，工人失业罢工，政府忙得焦头烂额，好像在整个经济危机中，无一胜者，但在希腊首都雅典，一个叫亚奥非的小子却挣了个盆满钵盈。

亚奥非原来是个洗浴中心的老板，由于自己的企业不景气，他对政府十分恼火，也曾尾随在一大堆人群的后面喊口号，要求政府改善生活空间，增加工资等，但效果甚微，一个国家已经到了倒闭的边缘，如何管得了老百姓的死活。

与其说站着等死，不如说在经济危机的缝隙间找到一席生存之地。

一天晚上，与一大群人喝酒，席间大家谈论的大多是总理帕潘德里欧如何无能，政府机关的人员如何贪赃枉法，却无法挽救百姓于水火。

正在谈话期间，有人高声吆喝着：帕潘德里欧来了。

难道总理来了，亚奥非一阵狂喜，心里想着可以发泄一下心中的怒气了。那人出现了，却是与总理名字一样的一个大胖子，说话时双胸颤抖着，一脸的傲气与狂妄，好像自己俨然就成了总理一样。席间有人大骂着他的名字，其实是在含沙射影罢了。

回转家里，亚奥非突然间灵机一动，他于第二天打出了一个招牌：帕幡德里欧将于周末晚上八点到此处洗浴。

这则消息不胫而走，一时间街谈巷闻，原来门可罗雀的洗浴中心突然间门庭若市起来，罢工的人群拥挤不动，他们纷纷事先买下了预定的位置，要在洗浴中心与总理一争高下，洗浴中心却打出了标语，要为总理洗澡，洗掉他身上的贿气与横气，或者是干脆让他下台。

周末晚上八时许，大胖子出现了，他被人摁在澡池里，有人替他揩背，有人替他捏脚，甚至还有人站在他面前质问他如何帮助老百姓渡过难关等。

这不过是个玩笑而已，但玩笑之余，大家却认为这个方式可以渲泄心中的苦闷，哈哈大笑后，百姓记住了亚欧非的这个绝佳创意，他的洗浴中心成了谈论政事的好地方。

以后的日子里，亚欧非如法炮制了许多次这样的机会，他找了许多个与政府要员相同名字的人来洗澡，当然，他们是免费的，当招牌打出来以后，许多百姓掏很少的钱可以使自己胸中的苦闷消失怠尽，他们欣喜若狂。

危机有时候也是转机，亚欧非抓住了危机时期人们的苦闷心理，做了一篇大文章，不仅使自己原本枯萎的生意起死回生，而且让人们永久地记住了自己的招牌，岂不是一箭双雕。

木偶

　　哈利丝长着黄黄的头发，怎么看怎么像童话故事里的丑小鸭，班里所有的同学们都对她嘲笑、奚落，认为她不适合与他们坐在一起。有的同学们说她走起路来简直像个木偶，机械僵持。而有的同学说她可以去演木偶戏的，样子很相像。

　　哈利丝委屈的泪水一直流了好多天，回到家里时，祖母刚刚做好饭，看到她一脸的苦相便问她缘由，她扑到祖母的怀里痛哭起来，祖母得知原委后告诉她，孩子，你父母去世的早，祖母对你可是抱以最大的希望，你要相信自己，别人说你不行，你偏要证明给他们看，你是可以的，你不是爱演戏吗？明天我带你到街市上，那里天天有表演。

　　第二天上午，祖母起得早早的，她先去学校里给班主任老师请了假，班主任感觉哈利丝这些天怪怪的，便追问老太太孩子怎么啦，是不是学校的环境不好，或者是伤害了她，祖母说没有？我的孩子自信得很，没有任何语言可以伤害得了她。

当天上午，在艾普利大街上，许多人在那里表演木偶戏，还有现场的舞蹈，哈利丝看得入了迷，她天生爱动，且对表演有着极大的热情，祖母现场鼓励她，是否愿意上去演唱一支歌曲，或者是表演一支舞蹈，她说什么也不肯？祖母劝了她半天，说这对她是一种考验，希望她能够坚持一下。

祖母上前给人家老板说好话，讲明了来由后，老板脸上显出很为难的样子。哈利丝认为算了吧，便拉着祖母的胳膊要走，祖母死活不肯，说机会难得，祖母最后将家里的一只母鸡抱了过来，说以此为交换条件，老板破例同意了。

那天上午，有人看见一个满头黄发的小姑娘一脸憔悴地站在露天舞台上表演节目，她很卖力气，但还是吓跑了许多人，老板气得不得了，他大声责怪祖母，说你的孙女吓跑了我的观众。

夜里，祖母对哈利丝说，不要沮丧，你第一次表演得很好，只是有些紧张，以后要加强这方面的锻炼才行。今天，不要以为你自己演得不好，我看到在舞台的最前面，有一个小男孩，一直站在那里听你唱歌，他听得简直入了迷。这就说明，至少，你的演出是有一个市场的，这就足够了。

祖母的鼓励使她倍感精神，从那天起，她便常常主动在公众场合绽放自己，但大多数情况下收获的只是批评和讥笑。

那天在班里，哈利丝主动请缨说想唱支歌给大家的课间生活带来一些快乐，下面有同学起哄说不行，木偶唱的歌，一定与木偶有关，但她还是上了课堂，那天她唱得很好，很用心，至少有一半的同学对她瓜目相看，认为她以前是埋没了自己的才华。

其实，在她的梦中，一直希望着能够有一天站在大型场合的舞台上表演一次，这样才最能证明自己。当这个想法向同学们和盘托出后，大家都说她疯了。有个男同学说道，国家大剧院你可以去试一下呀，会一张门票也卖不出去的，要不，可以去州立大剧院试一下，不可能吧。

为此，她一直怀着这样一个胆颤心惊的梦想生活和学习着，这一度束缚了她的思维与表现能力。有一段时间，祖母又看到封锁的她、满脸凄惶的她。

突然有一天，祖母对她说道，通过自己的努力，还有班主任老师的推荐，她有机会到州立大剧院去表演自己的作品，但时间只有三分钟。

哈利丝喜出望外，这对于她来说简直就是梦想成真的前奏，她开始辛勤地锻炼自己，每天很晚才去睡觉，她这样努力只想换取三分钟的掌声，以证明自己有能力在这个城市立足。

表演的当天，她打扮的花枝招展，祖母还特意花钱请服装设计师为她量身定做了一身得体的裙子。当镁光灯闪烁时，她迈步来到舞台中央向大家鞠躬致意，台下面坐着黑压压的人群，由于灯光的原因，她看不清楚，只能够看到第一排中间的位置上，她的祖母正襟危坐在那里，一脸的凝重，她挥挥手，对她表示最大的鼓励。

当音乐响起时，她感觉自己飞了起来，缥缈的歌声如天籁般洒满舞台的所有角落，那些可爱的声音绕着梁儿轻轻地盘旋着，久久不肯离去，演出结束后，满场响起经久不息的掌声。

当她恭身向台下施礼时，台下的灯光亮了起来，此时此刻，她突然间发现台下竟然只坐着祖母一人，在祖母后面座位上，一排排的坐着的全是那些精致可爱的木偶，她一下子懵了。

祖母笑着让她下来，对她说道，我请人将木偶全部搬进了大剧院，为的是让它们能够为你鼓掌，你听见了吧，木偶们都在为你鼓掌，你不是木偶。她感觉泪光盈盈的，抬头看见了舞台角落里摆放着的那台大录音机，所有的掌声都是从那里传出来的。

祖母为了她今天的三分钟演出，卖掉了所有的鸡和鸡蛋，她会永远地保存好当天自己演出的 TV，告诉自己，为了那些可爱的木偶，自己也要拼出一个不一样的人生。

第六辑

给自己一些羡慕自己的资本

我们一直在嫉妒别人，从不轻易羡慕自己，总是认为自己一无是处，血本无归，找一张纸，列个图表，画出自己的长处，哪怕它微弱如星光，它总会在寒夜中燎原出一幅江湖夜行图来，那是自己奋斗的艰辛与路线，还有永不停歇的才能与方向。

母亲的片约

1994 年隆冬时节的英国伦敦，雾霭弥漫，贝尔疲惫不堪地推开黄昏中的家门，他想休息下，以补偿自己经过无数次努力仍然面对的失败。

贝尔是一名演员，梦想着能够出人头地，早日将梦想之花结成成功之果，可他刚刚出道，名不见经传，几经辗转仍然找不到伯乐，他甚至愿意给某大剧组跑龙套，可是那些导演们嫌弃他，认为他只不过是个小丑角色罢了。

有人推开了自己的房门，一位年长的妇人，贝尔赶紧站起身来叫道：妈妈……

妇人制止了他的称呼，对他说道：我有一个片约，你敢不敢接？你要做导演兼主角，演员你可以自己找，投资约 500 万英镑。

　　妇人继续说道：能够给你这样一个机会，是你的荣幸。这是协议，你如果认为没有问题，就接了我的片约，半年后，我希望伦敦的大小剧院里能够演出这幕叫《母亲》的电影，希望它有极好的口碑。

　　贝尔被母亲的游戏吓呆了，但她义正辞严，毫无半点开玩笑的味道，协议他认真地看了，写得十分残酷，包括违约部分，需要支付几倍的违约金，贝尔望着一向对自己严厉的母亲，郑重地签了字。

　　接下来，贝尔忙得不意乐乎，找演员是重要一部分，找场地也需要精力，拍摄的器材需要租借，职员们也需要去其他电影公司寻找，尤其是剧本，他找了个御用编剧，对方写得一塌糊涂，极其不配合的样子。贝尔踢掉了他，自己整理出了台词。

　　贝尔消失了近半年时间。半年之后，在伦敦大剧院里，进行了一场电影《母亲》的首映式，一位女士和贝尔现场揭幕，女士进行了现场演讲，希望大家能够认可自己公司筹拍的第一部电影。

　　电影《母亲》取得了空前的成功，英格兰人民记住了这个叫贝尔的男主角。在电影中，他扮演母亲的儿子，孝顺且无私，为了给母亲治病，他竭尽全力。现场的演员们哭成一团，观众们哭声振天，整个英格兰市场一片火爆景象。

　　贝尔并没有让母亲失望，他接下来的演艺事业风生水起、如火如荼。他先后拍摄了《太阳帝国》《撕裂的末日》《蝙蝠侠诞生》等大作，成为名符其实的好莱坞著名"大家"。

2011年，张艺谋力邀贝尔出演2012年的贺岁片《金陵十三钗》的男主角，张导夸奖贝尔会尊重别人，有强烈的敬业精神。

克里斯蒂安·贝尔多年以后讲述自己的第一部电影时，眼角依然泛着泪光，母亲给了自己第一次，也是唯一一次机会，她穷其财产，将生命的中的所有当成赌本，押在儿子贝尔的身上，帮助儿子取得了的成功。

高处无掌声

　　1958 年的捷克首都布拉格，正是冬日的黄昏，ABC 剧院里依然灯火通明。哈韦尔十分卖力地改着剧本，他对自己的剧本不甚满意，并且觉得自己饰演的主人公角色也是差强人意。他的老师克得导演眯着眼睛在打盹，他十分不在意这个学生的表演。

　　哈韦尔想摇醒老师，他想得到恩师的指导，因为自己现在有些手足无措，但于心不忍，害怕老师对自己更加不屑一顾，他不停地挫着手，没有暖气的剧院里呵气成冰。

　　演出还是如期开始了，克得对他的不屑反而激发了他的斗志，他拼命地演绎着每一个动作与语言，与配角的配合也是相得益彰、水道渠成，台下掌声如雷，哈韦尔无疑是今晚的主角。

　　哈韦尔演出结束后，在他的日记中这样写道：最喜欢的是那如雷般的掌声，将自己所有的辛苦全部冰释了，能够得到观众的肯定是多么一件快乐的事情。

哈韦尔不断地攀登艺术高峰，他一口气地制作出了一系列剧本，并且自己担当主角，他每次表演都如鱼得水，得到阵阵掌声与鲜花，他开始高傲起来。

1960年的春天，一部叫做《哈克雷》的剧本在布拉格上演，意想不到，哈韦尔竟然忘了台词，台下的观众唏嘘着，哈韦尔从未有过的失败，他忘了去弥补缺憾，竟然破罐破摔地一怒之下回了后台。台上尴尬冷清，剧院的老板不得已出来解释，却得到了一阵怒骂与炮打，记者们闻风而动，将这件负面新闻编译成各式各样的版本，有的报纸甚至说哈韦尔昨晚纵欲过度，体力不支，有人亲眼看到他从一个妓院里走出来。

克得仍然淡定地看着自己的学生，哈韦尔沮丧之余，顿足捶胸，说不想演了，这帮无知的观众。

克得却轻蔑地笑了起来：你呀，太在意观众的掌声了，掌声只是外界赋予你的东西，你知道一个演员最应该注意的是什么吗？是自己的能力、品质和修为，你太在意别人对你的看法了。

哈韦尔反驳道：观众的掌声是对自己作品的肯定，这有什么错误？

真正到了高处，是没有掌声的，你登上珠穆朗玛峰时，你能听到掌声吗？克得最后一句话斩钉截铁。

　　哈韦尔沉思了一个晚上，第二天早上，他毅然决然地去了报社，他向所有的观众道歉，请求大家原谅自己，自己一定会痛定思痛，做一名品质高尚的演员。

　　这个叫哈韦尔的演员从此平步青云，先是做演员、导演，后来成为幕后制作人，直至后来顺风顺水地成为政府的一名议员。1989 年，他当选捷克斯洛伐克总统；1993 年 1 月，捷克和斯洛伐克分离后，他又成为捷克的第一届总统。他常说的一句话便是：不要太在意别人对自己的看法，自己努力了才是最重要的。

　　掌声只是鼓励自己前进的外因，真正的内因在于自己的努力，即使这世上没有掌声，我们也不可固步自封，而应当阔步向上攀登新的巅峰。如果有一天，你到达奋斗的高处时，你会发现：真正的高处，原来没有掌声、鲜花与回音。

锻炼善良

　　芝加哥的街头，晚上八时许，一个叫乔治的十三岁男生补完课回家时，在一个偏僻的小巷口，目睹了一场车祸。一辆小轿车迎面驶来，将一个乞丐模样的男子撞倒在地，小轿车的司机慌忙下车观察，当发现乞丐已经昏迷后，他慌作一团地爬上轿车，驶离肇事地点。

　　乔治看清了那个男人的脸宠，特别明晰的是，他的左脸有一大块胎记，在灯光下十分耀眼，乔治还看清了那辆车的车牌尾数，他从花丛里探出头来，将事情经过记在日记本上。

　　乔治去看那个受伤的乞丐，却发现他的手动弹着，本能的反应是将他送往医院，可乔治太年轻了，他不知道如何处理这样棘手的事情，再加上害怕冤枉自己，他选择了逃避。他一步三回头地逃出了这条小巷，回到家里时，却发现自己浑身是汗水，脸上也有莫名的泪水溢出。

母亲发现了乔治的异样，问他怎么了？乔治谎称有些心慌，母亲安慰他一番，乔治草率吃了些晚饭后，便躺下睡觉。噩梦接踵而至，他老是看到那个乞丐向自己索命，他拼命奔跑，乞丐却不依不饶。

早上看电视时，电视台曝光了车祸现场，触目惊心，没有目击证人，只有肇事车辆的简单印痕，电视台要求知情者提供相关事情的经过。

刚刚起床的父亲发现乔治一直在逃避电视里的情节，他要求乔治正视自己的眼睛，问他是否知道这起车祸？乔治哭了起来，将昨晚的情况向父亲做了讲述，父亲听完后十分恼火，他对乔治说道：你应该及时报案，让警察处理，那个乞丐也许不会死亡的。电视台说了，乞丐完全死于见死不救。

乔治经受着良心的谴责，父亲二话未讲，拉了乔治便去警察局，母亲千劝万阻，父亲就是不听，警察局里，乔治哆嗦着讲述了事情经过，并且将日记本交给了警察，警察进行了认真地记录，并且感谢乔治提供的有效情报。

下午时候，根据乔治提供的资料，肇事者便浮出水面，那个半脸是胎记的家伙被抓获归案。

警察并没有怪罪乔治的见死不救，可他的心中总是过意不去，在父亲的陪同下，乔治开始寻找乞丐在芝加哥唯一的亲人，他想当面请求他家人的谅解。

乞丐的哥哥也是个乞丐，当他得知弟弟已经死亡后，脸上毫无痛苦，他轻率地便原谅了乔治，因为他家中的半壁房舍就成了他一个人的财产。

这还不说，乞丐下葬那天，乔治与父亲一块儿到了殡仪馆，由于无人照料，他和父亲俨然成了亲人，他们不停地忙前忙后，直至事情终结，而死去的乞丐却与他们没有任何血缘关系。

这件事情引起了电视台的注意力，他们将车祸案追加了报道，将乔治与父亲的行动列成爱心项目进行报道，倡导爱心人士学习他们这种负责任的善良精神。

电视台采访他们时，父亲只讲了一句话：乔治应该承担自己的责任，如果他当时伸出援手，乞丐就不会轻易死亡。我这样做，一是弥补良心上的不安，二是让孩子锻炼善良。

善良并不是一个人的天赋，不是与生俱来的东西，善良也需要锻炼与提高，善良也需要最佳的处理方式。我们所有的学校课程中，均缺乏一门叫善良的课程，而善良，却是支撑这个社会进步的基石，是我们昂首阔步人生路途的加油站。

我们均要弥补一堂叫善良的课程。

生命中成长最快的季节

　　年仅 14 岁的小姑娘休斯顿刚刚从一场模特见面会上回来，她没有得到评委的赏识。虽然她是所有面试选手中年龄最小、身材最好的，但评委们认为她缺少一种美感，给人一种矫揉造作的错误感觉。

　　休斯顿从小立志成为演艺场上的佼佼者，她五岁的时候便开始唱歌、跳舞、走模特步伐；七岁的时候，已经在整座小城里声名鹊起；十岁那年，遇到一位伯乐纪伯卡，伯乐认为她的长相独特，将来必是可塑之材。在纪伯卡的介绍下，她进入了华盛顿的一所艺校进行学习，业余时间，便是与母亲一块儿收拾自家的田园，她经常在母亲面前做着各种各样的动作，一边练习，一边逗多病的母亲，母亲经常笑的前仰后合，她就像一个天使。

这场意外的打击使得休斯顿郁郁寡欢，连艺校也懒得去了，休斯顿躲在卧室里疗伤，好像得了严重的精神分裂症，越是如此，她的状态越是每况愈下，等到偶尔有一日，她想温习一下自己的功课时，才发现"一日不练手生"，她已经无法找到自己的最好状态。

小姑娘躲在屋子里哭泣，母亲一直劝慰却无果，无奈之下，母亲打了伯乐纪伯卡的电话，纪伯卡匆匆忙忙地赶了过来，一边哄劝她，一边说道：你还小，这点失败算点了什么呀？听老师的，刻苦训练，你的模特步伐的确有些乱，我感觉你可以在唱歌方面下工夫，你的噪音独特，能够同时唱出多个不同的声调，简直就像天籁之音，这是你的长处。

小姑娘兴奋起来，尾随在伯乐的后面，纪伯卡高兴地带她到田园里游玩，以便让她收拾好自己残缺的心情。

冬天的田园里，树木萧条，肃杀清冷，纪伯卡突然问休斯顿：

你知道哪个季节，植物长得最快吗？

纪伯卡转移着话题，是想让小姑娘从伤心中彻底摆脱出来，休斯顿对这个话题十分感兴趣，她认真地猜测着：

春天吧，万物复苏、阳光明媚，太阳好的季节，自然生命长得快些。

纪伯卡摇头表示否定，示意小姑娘继续尝试。

不是春天，难道是秋天吗？秋风瑟瑟，一叶知秋，不会是秋天吧。

纪伯卡补充道：不是秋天，是你最意想不到的季节。

冬天吗？休斯顿不敢相信这样的结果，她睁大了眼睛，信誓旦旦地看着老师。

母亲在旁边回答道：当然是冬季，植物在冬季生长得最快了，由于没有树叶和枝干重量的压力，植物可以放开手脚伸展腰肢。阳光虽然少些，大地虽然冰冻寒冷，但土壤下面却十分温暖，埋藏着勃勃生机，植物的根部吸收着冬日特有的营养与养分，生命在这个季节里拔节，冬季蕴藏着无尽的力量。一个冬季，树木的主干常常会挺拔许多，粗壮许多，原来矮小的丛林会在冬雪中昂起头来，迎接着春天。

不仅植物如此，动物也是这样。

冬季的寒冷令动物的骨骼萎缩，动物们通常不爱动弹，缩在窝里冬眠。在冬眠的过程中，由于储藏了充足的食物，它们过得十分愉快、休闲，这样的过程使得动物们飞快地成长。

所以说，冬季才是生命成长最快的季节。

纪伯卡紧跟着说道：人也是如此呀，遇到挫折与磨难，就像人生的冬天，但在这个易受伤的季节里，人最容易长大，磨难使人坚强，伤痛使人有耐性。

这个叫休斯顿的小姑娘听后豁然开朗，在老师的指引下，她从模特行业转入歌唱行业，从而开启了一位时代伟大巨星的辉煌职业生涯。她以强而有力的嗓音、一字多转音的感染力与

宽广的音域为世人所熟知，并成为流行天后。惠特妮在全世界
有超过一亿八千万张专辑的销售纪录，根据吉尼斯世界纪录，
惠特妮是获奖最多的女歌手。

　　严寒的冬季，让许多人望而生畏，不敢挪动自己脆弱的身
躯，疏不知，冬季却是生命成长最快的季节，也是检验人类韧
性的最佳季节，那些能够在人生的冬季奋起直追的人，取得成
功的胜算最大。

全世界都请你原谅我

　　2009年的冬天，英国伦敦，一个漫天飞雪映衬着的都市黄昏。一个名叫查瑞的15岁小男孩，正焦急地在风雪中行走着。他一边走着，一边大声呼喊着同学的名字：吉姆，你在哪儿？听到我的呼唤了吗？我是查瑞，我错了，请你原谅我。

　　白天发生的一幕让查瑞心有余悸。他是个爱捉弄人的孩子，在昨天放学时，他将一封情书放进了吉姆的课桌里，疏忽大意的是，他竟然忘记了擦掉最后一行自己的名字。吉姆看到情书后，竟然欣然接受了查瑞的爱意。在上午放学后，她找到了查瑞说，我喜欢你，我们交朋友吧。

　　天知道查瑞当时怎么如此愚蠢，他原本就是为了捉弄人家。因此，他站起身来，招呼周围的同学们，大声说道，大家都听着，吉姆喜欢我查瑞，她刚才亲口说的，大家给我作证。

吉姆突然间感到有一种被愚弄的感觉，自尊心极强的她夺门而逃。而当时，查瑞并没有感到什么意外，反而是有了一种英雄般的壮美。

下午吉姆没有赶来上课，这可吓坏了查瑞。后来听一位同学说，吉姆绝望地离开了学校，她当时满脸是泪，差点被卡车撞倒在路边。这位同学上前挽留她，她却大声拒绝了，嘴里面说着：也许离开才是最好的选择。

查瑞自知白天开的玩笑过了头，伤害了一个女孩子的尊严。他不知所措地在伦敦街头漫无目的地狂奔，他走遍了吉姆经常去的地方，可是没有她的踪迹。他让一位同学打电话到吉姆家里，说想邀请她出去赏雪，吉姆的母亲却说吉姆不是在学校吗？吓得那位同学急忙说吉姆已经回来了，然后挂了电话。

时间一分一秒地在流逝，查瑞突然想到了吉姆可能会自杀，如果她真的这样做，自己便成了杀害她的凶手。

查瑞看到了大街上匆忙行驶的汽车，他急中生智，在停车场上不停地逡巡，在每辆车后窗户的落雪处都这样写道：全世界都请你原谅我，查瑞。

他不停地忙碌着，他知道这些车明天就会开到马路上，他希望雪不会融化，然后吉姆能够看到他的笔迹，会开心地原谅他的过错。

他打电话到了电台，讲明了来意，电台的导播十分着急，主持人立即插播了寻访吉姆的启事。主持人激动地说道：吉姆同学，你的好朋友查瑞已经知道自己错了，希望你可以原谅他，并且回到家里或者是学校。你的所有同学都在等待着你，天使在向你召唤。

查瑞忙碌了一宿，他期盼着明天会是一个阴天，这样那些可爱的字迹就不会消失了。但黎明的阳光还是刺痛了他的双眼，他疲倦地在马路边坐下来，向上天继续祈祷，保佑这个不该受到伤害的女孩子。

当他的眼睛触及这个世界时，他惊呆了，每一辆车的后面都贴着一张红纸，上面这样写着：全世界都请你原谅我，查瑞。

原来，电台昨晚广播了这件事后，大街小巷都在传颂着这个揪心的故事，他们自发行动起来，寻找吉姆。

吉姆最终回到了学校，她满眼是泪，她说她绝望时，看到了大街上到处都是"全世界都请你原谅我"的字样，她听到了广播中查瑞的道歉宣言，她几乎走到了冰窟窿的前沿，却又走了回来。她知道全世界的人都在关心自己，如果自己就这样轻生，会对不起他们的爱。

查瑞愧疚地给吉姆鞠躬，再一次请她谅解，吉姆笑了，说道：全世界都让我原谅你，我怎么敢辜负他们呢？

先受伤，然后再开花

6 岁的小姑娘塞隆由于膝盖受伤，不得已暂时告别了钟爱的芭蕾舞舞台，在家里养伤，母亲则是她唯一的陪伴与亲人。

在南非的豪登省，母亲经营着一家大型的庄园，除了种植庄稼外，她还养育着许许多多、各式各样的鲜花，塞隆每日心情郁闷地躲在屋里忧伤，母亲则每日在花园里收拾鲜花。小姑娘偶尔会走出去，看着母亲忙碌的身影叹口气，母亲则回眸一笑，送给她无数的欣喜，母亲没有因为父亲的离开而悲哀。

塞隆喜欢芭蕾，但在几天前的一次训练中，她的膝盖跌在地板上，受到了严重的碰撞，医生检查后无奈地告诉她：你可以改做模特，芭蕾舞对脚尖的柔韧性要求太严了。

医生婉转的话语是在提醒她：她可能要永远离开芭蕾这个舞台了，从幼时种下的梦想一直没有开花，塞隆幼小的心灵受到了重创。

为了练习自己的脚部，她开始在院里的石板路上学习模特走步，她的身材姣小，体姿优美，使得庄园里的打工仔不停地张望着，母亲也时而抱以热烈的掌声。在母亲的天空里，从来没有抱怨与愤恨，她送给塞隆的，完全是一个美好的世界。

塞隆在花丛中逡巡着，她发现一个惊人的秘密，居然所有的植物都有伤，她问母亲时，母亲淡淡地回答道：所有的生物都一样，先受伤，然后再开花。

塞隆一整个上午都在花丛里寻找不受伤的植物与花，好不容易找到了一株完整无瑕的水仙花，她大叫着母亲说这株太可爱了，没有受伤。母亲走了过来，将水仙的一株枝叶扯了下来，扔在土壤里，塞隆不解地哭泣着：好好的花，你为何扯掉她的叶子。

母亲语重心长：这叶子是没用的，必须扯掉，否则会影响主干的生长。如果它不受伤，就不可能开出美丽的花来。

先受伤，然后才能够开花。小姑娘塞隆顿悟，半个月后，她参加了附近的模特训练班，但模特行业也没有做多久，却因为她的旧伤复发而折戟沉沙。15 岁那年，因为家庭变故，她与母亲一块儿来到了欧洲，由于无所事事，她与母亲一年后来到了美国的电影之都洛杉矶，在这里，塞隆寻求踏入电影行业的突破点。

在洛杉矶，她主营模特行业，业余时间给饭店打工，以赚得养家糊口的费用，母亲则给一家超市当理货员，二人的生活经常左支右绌。

转机发生在 18 岁时，她在大街上行走时，一位经纪人正在找寻一部电影的配角，误打误撞地，经纪人发现了满脸踌躇的塞隆，商谈之下，竟然一拍即合，经纪人成了她的伯乐，引领她进入电影行业。她主演了第一部电影《芝加哥打鬼 3》，一举成名，有板有眼的演技、妖娆的身材、妩媚的身姿、出类拔萃的演艺手段、回眸一望百媚生的笑容，令导演们、观众们叹为观止。电影上映后，最佳新人奖非她莫属，许多人称赞"她是一个天生的演员"。

在之后的许多年里，塞隆的演艺事业顺风顺水，期间有过不愉快和失落，曾经因为与导演们的不协调而被封杀多年，但她依然挺了过来，以迷人的笑容始终占据着好莱坞的舞台，俘获着影迷们的心，她的粉丝遍布全世界，尤其在中国，无数人趋之若鹜，崇拜她的才华与美丽。

2012 年，一部叫《白雪公主与猎人》的贺岁片风靡全球，查理兹·塞隆美丽演绎着属于自己和世界的爱情童话，她的表演让人充满了对美丽的渴望。她是童话中才有的仙子，没有人敢遮挡她的光芒。

这世上没有哪一种生灵可以顺风顺水地走完自己的人生，既然挫折再所难免，何不笑迎而非冷对，何不挑战而非软弱。

先受伤，然后再开花，这就是我们的人生路。

品格不会贬值

　　十九世纪初期的非洲某国，有一位富翁想给在城里当差的儿子送去 2 万先令，因为儿子来信说他急需这笔钱。为了保险期间，他决心找一位品德善良的人代替他前往，找来找去，他看上了邻居家的孩子阿里。他找到阿里，给他说需要送一笔钱给他在城里的儿子，并且他还告诉了钱的数量。在当时，2 万先令可以买到 100 头马和 200 只绵羊，阿里小心翼翼地将钱绑在腰里，然后便告辞富翁向城里进军。

　　但不幸的是，路上他遇到一队人马，他们正在征兵，因为他们想去攻打城里的国王。他被他们带到一个荒无人烟的山头接受军训，为了完成富翁交给他的任务，阿里伺机准备逃走，他害怕叛军发现他带着巨额财富的秘密，半夜里他将钱藏到一个自认为安全的树坑里。

军营里发生了内讧，许多被迫的士兵选择了逃亡，阿里乘机跑了出来，他找到了装有 2 万先令的包裹，马不停蹄地向前赶，由于后面有追兵，他慌不择路地掉进了一片树林里。

他沿着一个方向向前走，却迷了路，后来费尽了周折，在一个星期过后，他居然成功地走出了大森林。许多人将他当成了野人，因为他的身上长满了鸟屎和树叶，他好不容易才使大家接受了他的存在，然后，他问清了去城里的道路。

好歹没多远，战争已经结束了。他找到了富翁的儿子，他大吃了一惊，因为他的父亲已经来信说阿里已经将钱送走了，并且已经过去了一个多月的时间，他们都认为阿里私吞了这笔钱财，乡邻们也开始怀疑他的品质有问题。

当富翁的儿子听说他的故事后百感交集，他给了他一匹价值 200 先令的马作为酬劳。阿里兴奋无比，他牵着马出了城，寻思着找个地方将马卖掉，然后换成 200 先令再回家。马商看了看马开出了价格：20 万先令。什么，我没听错吧，一匹马居然值 20 万先令，他简直不相信自己的耳朵，他问马商，这是匹名贵的宝马吗？

不，它只是一匹普通的马，我提的价格也是公平合理的，你有什么意见吗？

那么，阿里接着问道，如果 20 万先令能够买一匹马，那么，2 万先令能够买些什么？

是这样的，战争虽然结束了，但钱却贬值了，现在，2 万先令只够你买一顶帽子啦！！！

　　阿里的故事在当地流传开来，人们给阿里的评价是：钱会贬值，但品格永远不会。

鸡蛋开花

　　吉米是个先天有残疾的孩子，他反映迟钝，一般不说话，一旦开了尊口，总会产生让人意想不到的恶作剧后果，班主任伊莎小姐看在眼里，她觉得这样的孩子需要大家共同爱护才行。

　　吉米在上课时，竟然大胆地对前面坐着的一位女生艾莉说了句"我爱你"，接下来，艾莉回过头来，猛地给了吉米一个响亮的耳光，他情绪有些失控，抓住艾莉小姐的头发，扭打起来。艾莉小姐请来了她的父亲大人，她的父亲是个练跆拳道的，一拳下去，吉米便会回到他的老家去了。

　　因为伊莎小姐快速出来调停此事情，经过几个回合的较量，她的父亲同意"大事化小，小事化了"，然后领着艾莉回家了。

因为自那件事情后，伊莎小姐总有些后怕，所以，在一个恰当的时机里，她邀请了吉米的父母到家里做客。他们手足无措地望着伊莎小姐的脸，她让他们将吉米接回家里照顾。

吉米的父母亲突然给伊莎小姐跪了下来，他们告诉她：吉米的生命是有限的，他渴望读书，他们回去会好好地教育他的。

望着两幅无助的脸孔，伊莎小姐突然间泪流满面，她最后答应他们会照顾好他。

复活节的前两天，大家都在忙着做各式各样的礼品，同学们喜欢做复活节彩蛋，上面画着各式各样的图案。

伊莎小姐让大家拿出自己的礼品来分享，只剩下吉米了，吉米手里拿着一只鸡蛋，说道：我要摔烂它，我想让鸡蛋开出花来，说着，他将鸡蛋猛地撞击在课桌上，一大堆的鸡蛋花散开，他大声吆喝着，鸡蛋开花啦！！

伊莎小姐尽力压住内心深处的火气，劝慰吉米先回家里去，因为现场被他搞的乱七八糟的。

但吉米却执拗得很，他非说他的鸡蛋会开花，最后，伊莎小姐不分青红皂白，不管三七二十一地不得不动用了几位同学将他扭送到他家的门口。

但第二天开始，吉米却再没有过来上学，伊莎小姐的内心有些不安。一周后，有位同学在吉米的课桌里发现了二十个鸡蛋，是被打烂了的鸡蛋，里面塞满了土壤，上面长着嫩嫩的叶，开着羞涩的小花。

伊莎小姐感到自己的眼泪在眼眶里打转，她后悔莫及地扶住课桌。

三个月后的一天，他们得到了吉米去世的消息。在殡仪馆门前，前往悼念的人们惊奇地发现，在吉米的灵柩上放着二十个打开的鸡蛋，上面挤满了小花，它们毫无忧虑地缤纷着、跳跃着……

从自卑到自信的温度

小女孩戴维一向内向、腼腆，长的像个丑小鸭，在整个年级里，她是最不引人注目的角色，她总是坐在不起眼的角落里，任凭泪花像冬日的梅花一样飘落天际。

戴维那一日遇到了父亲的好朋友列子叔叔，说起自己的遭遇，她痛不欲声。

列子叔叔十分同情她的遭遇，他审视了戴维后，对她说道：要想摆脱自卑心理，你需要一些人的帮助，你要记住，这世界上的事情，一个人是无法完成的，哪怕这是一个人自身的问题。

接下来，列子叔叔将戴维领到了一个服装设计师面前，设计师从头到脚认真打量了戴维。他为小女孩设计了一套服装，一套十分可人的学生装束，穿上这样的服装，保证可以变成一只白天鹅。

发型设计师也站在戴维面前，她的脸上尽是笑容，听了小女孩的痛苦后，她笑着说道：一个人的发型，是一个人的符号。发型的适合性，可以让你充满美好，也让别人对你充满美好。她为戴维设计了一种淑女型的发型，穿上设计好的服装，戴维一下子进入了公主进代，走在大街上，无论遇到了谁，都会亲切地驻足观看。

列子叔叔提醒她：这还不够，别人帮助了你，你也要学会帮助别人。自信是来源于别人对你的肯定，而帮助别人是提升自己快乐度的主要手段。

戴维到学校后，认真地帮助别人。总是去做别人不喜欢做的事情，遇到有困难的学生，她总是倾囊相助。在大街上，她也成了义务兵，搀扶老人过马路，帮助乞丐渡过难关，去养老院看望老人，渐渐地，她成了众人眼里的佼佼者。

不仅如此，她还真诚地参与学校组织的各种活动，不管什么比赛，她都积极报名参加，哪怕比赛那么微小，她也会一视同仁地对待。

躲在角落里的戴维，也像极了一朵花，大家无法逃避她的角色，老师也喜欢提问她，她站起来彬彬有礼的姿态让人充满了艳羡。

年末的作文大赛上，戴维获得了重要参与奖。在她的作文中，她这样写道：

　　自卑到自信的过程，充满了温度与温暖，就像一只手到另一只手的延伸，人人都需要帮助，而人人都要学会帮助别人。

一捧沙子的数量

1997 年的阿根廷圣菲省罗萨里奥市，一个年仅 10 岁的孩子正低头数着手里面一捧沙子的数量，这是祖父给他布置的一项技术难题，祖父对平日里骄横无比、目中无人的孙子布置的这项课题，让孩子十分头疼。他计算半天时间仍然无果，最后一阵风吹过来，沙子飞满天，也扑碎了孩子的梦。

这个叫梅西的孩子深夜里一直在哭泣，他追问祖父如何计算清手里沙子的数量？祖父却一直没有回答他。这需要他用时间去丈量，他问了许多高深的人士，比如说他的足球教练，教练对这样的问题不感兴趣，只是叮嘱梅西注意训练，不要在乎这个无聊的问题。

梅西是阿根廷众多球员中的一人，他普通的像一颗凡星，他曾经发誓要成为一颗耀眼的明星，可那个奇怪的问题一直缠绕在他的心头，挥之不去。他无数次的在休息时间去数沙子的数量，可是每次都因为各种原因而败北，也许这就是一道无解的难题，只是祖父的恶作剧罢了。

时间一直流淌着，梅西的奋斗路程崎岖不平，他一度产生了离开球队的思想。每当这个时候，他的祖父便会将那道题拿出来，告诉他：如果想要离开球队，告诉我这些沙子的数量。

祸不单行，11岁的梅西被诊断出了发育荷尔蒙缺乏，这会阻碍他的骨骼成长，家里经济条件难以支付梅西的治疗费用，他只好暂时离开了球场。时间来到了2000年，他良好的天赋及奔跑条件被巴萨的雷克萨相中，将他带到诺坎普，为了他的足球事业，梅西举家迁往了欧洲。

年迈的祖父平日里喜欢看梅西踢球。祖父对他要求苛刻，在残酷的治疗之余，梅西需要付出比其他球员更多的耐心与痛苦，每每别的孩子回去休息了，梅西仍然蜷缩在按摩椅上接受治疗，这让他一度产生了退却的念头，可是祖父的刁难一刻也没有停止。

18岁那年，梅西首次代表效忠的巴萨队出战，他连中三元，上演了帽子戏法，一鸣惊人的梅西一夜成名。

成名后的梅西出现了情绪化，往往是满脸自豪的进场，却踢不进一个球去，教练对他的评价是带球质量不稳定，需要脚踏实地。

恰在此时，他却收到了祖父生病的消息。梅西回转家园时，祖父奄奄一息，他临终前将一捧零碎的沙子塞进梅西的手中，用颤抖的声音说道：这个问题无解，人如沙，活的要有质量，而不是平庸的数量。

少年梅西大悟，从此发狠心锻炼自己的思想与素质。终于，从 2008 年开始，他崭露头角，频频获得世界足坛的大奖；2012 年 1 月，由于其过去一年的杰出表现，梅西获得了 2011 年度 FIFA 金球奖，并成为连续三年获得此殊荣的第一人。

一捧沙子到底有多少？没有人能够说清楚，想起了一则故事：

有一粒沙子，一直呆在沙漠里，无人问津，后来，它被一匹马踩到了脚下面，它牢牢抓住马蹄，不让自己掉下来，辗转几万里，期间的艰苦无数。忽然有一天，它来到了一处所在，光芒四射，无尽繁华，一个僧人从马上跳了下来，转眼间成了佛，而这粒沙子便成了佛祖旁边的金沙，这个僧人就是中国唐朝的玄奘法师。

人如沙，不计其数，一粒平凡的沙子如何体现自己的价值，不是缩在无边的沙丘里等待岁月的轮回，而应该像那粒金沙一样，奋斗一生，换得金身。

上帝只能帮你找到伤口

　　乌戈七岁那年冬天，在一次意外事故中，昏迷不醒，唯一的亲人外公在野地里发现了他。他人事不知，醒来后感觉胸部疼痛难忍，在好几个资深医生反复检查后，依然找不到问题所在。他们说可能是有一种坚硬的物质撞击了乌戈的胸部，致使他的神经产生了一种紧迫感。

　　在那个年代，还没有先进的仪器可以检查，因此，外公和乌戈相信了医生的话。他在医院住了一段时间后，病情有所缓解，便出院回家治疗。

　　之后的几年里，每逢阴雨天气，乌戈总会被胸部的疼痛折磨的死去活来，外公总是站在旁边，不停地为他做着祈祷和念着赞美诗，但乌戈还是坚持不了，他想一死了却自己。在外公的安排下，乌戈重新住进了市里的一座高档医院，那里的医生说可以帮助他找到问题的所在。

经过仔细地检查，发现乌戈的胸部有一根钢针别在肉里，可能是当时跌倒时无意中碰见的钢针。正是这条钢针，在无声地折磨着乌戈。医生说要通过手术取出他，这令外公和乌戈喜出望外。

手术很成功，钢针取出来了，但锈迹斑斑的钢针还是破坏了乌戈的胸部细胞，他仍然感到时时有疼痛发生。

乌戈开始不相信有主的存在，不相信医生是救人的上帝，他大骂他们昏庸无知，为自己找到了病根却不能解除自己的痛苦。外公在一个迷人的黄昏，向乌戈讲述了自己的故事：

外公年轻时参加了委内瑞拉内战，并且有一颗子弹深深嵌在腿肚里，外公说着，将自己的裤管挪开，乌戈第一次看到外公的腿，崎岖不平的腿、弯曲的腿、佝偻的腿、令人心痛不已的腿，外公告诉他，这子弹一直长在肉里。

十年前，有一位部队医生说可以将子弹从我的腿里取出，但经过检查后他们认为：子弹镶嵌太深，如果取出的话，我的这条右腿将成为残疾。我不愿意有那样的结局，你知道，我走路虽然有些毛病，但好歹不用别人搀着，我可以自己走，我不愿意使自己成为别人的累赘，所以，我选择了放弃治疗。现在，我的肉里依然有一块沉甸甸的子弹残存着，它无时无刻折磨着我，让我伤痕累累，你能说怨恨医生吗？孩子，天使只是帮你找到了伤口所在，真正能够治疗自己伤口的是你自己，你需要自信、坚持、执著，用一条横亘在天地间的恒心战胜它，就好像在战场上，它是你的敌人，你要用一条钢枪死死顶住死神的胸膛，你是一条真正的男子汉。

这是乌戈所听到的最为震惊的一则故事，外公的故事深深地震憾了他幼小沧桑的心灵。他在努力想着，既然上帝已经帮我找到了伤口，那我就不能辜负上帝的期望，我要用坚定的毅力舔拭它，用取之不尽的信念温暖它，使它成为我的战俘。

乌戈·查韦斯长大后成了委内瑞拉的总统，上帝并没有可怜他的伤痛，55 岁那年，他不幸罹患癌症，残酷地折磨重新开始，他乐观向上地与癌症做着斗争，同时不忘幽默地与国民亲切交流。"他坚持病中工作，时刻想着该做的事情与职责，他是一个伟大的、乐观的、热情的总统。"这是选民对他的最高评价。

查韦斯在回答记者提问时，曾经这样讲过：亲爱的朋友们，在这世间，上帝帮你找到的只是你的伤口，而想要治愈他们，天地间，唯你自己。

总有一把钥匙属于自己

　　19世纪末的美国洛杉矶，有一位伯兰先生，他是当地首屈一指的富翁、慈善家，许多人都敬重他，以他的财产和豪宅为毕生追求的目标。

　　一天傍晚，伯兰先生在自家的门口发现一个衣衫褴褛的年轻人，他就缩在院墙的一角，当伯兰先生看到他时，他正在数天上的若隐若现的星星，伯兰先生问：年轻人，你在做什么？年轻人回答他：我在数星星，有多少星星就有多少梦想。

　　伯兰先生笑了，他继续问：那么，你的梦想是什么？

　　实不相瞒，先生，我最大的梦想就是拥有一所豪华的房间，拥有一张超过自己身体两倍的大床，让我美美地睡上一觉，他说着，眼睛里流露出无限渴望。

　　热衷于慈善事业的伯兰立即答应了他的要求，他领着他来到自己的豪宅里，将一把钥匙交给他，并且告诉他房间的位置，他说今晚你就是这所房间的主人，说完，他充满爱心地走开了。

第二天早晨，伯兰先生过来看望他时，却发现钥匙放在窗台上，房间并没有被打开的痕迹，里面的物件整齐有序地维持着原来的风貌，也就是说，那个年轻人根本没进房间，他诧异地想了想，忽然间他想到了这间房的锁是保险锁，除了用钥匙外，还需要输进密码才能打开。昨晚，由于疏忽，他竟然忘记了告诉他开门的方法，他为此后悔不迭，出门寻找时，年轻人早已不知去向。

之后的几天，伯兰先生一直在为自己的不负责任感到遗憾，由于自己的大意，他破坏了一个年轻人毕生的梦想，而这些，不是用金钱可以换取的，他最终没能找到年轻人的下落。

十年后的一天，华盛顿郊区有一位富翁给伯兰先生来了一封信，请他去自己的豪宅参加一场别开生面的酒会。他感到很纳闷，自己在华盛顿地区没有几个朋友，再加上这个住所挺陌生的，他怀着一种好奇心驱车前往目的地。

酒会上，一会中年富翁正在招待大家。当伯兰先生到达时，中年人迎上前来，热情洋溢的拥抱伯兰，中年人说，伯兰先生，你还记得十年前你家门前的那个年轻人吗？

伯兰先生努力搜索着记忆，当他终于明白面前的中年人是那晚的年轻人时，他一脸愧疚地握着他的手说道：对不起，先生，当时我确实疏忽啦！！！

不，伯兰先生，我要特别感谢你，当我将钥匙插进门锁时，无论我怎么努力，我都无法打开通往理想的大门，我只有隔着窗户欣赏着里面的美景。后来，我想明白了，这把钥匙是不适合我的，如果我能够如愿以偿的进入房间里面，那么，我会瞬间失去梦想，终日生活在安逸的牢笼里。庆幸的是，不能打开房门的钥匙使我明白，那些荣华和富丽现在不属于我，我没有资格去得到它们，从那时起，我就告诫自己：梦想仍在延续，总会有一把钥匙属于自己。

年轻人名叫格桑，通过近十年的努力，他已经成为华盛顿地区最富有的大亨。

现在，让我们共同干杯，为我们的梦想和友谊干杯。伯兰和格桑的酒杯碰在一起。

是的，总有一把钥匙属于自己，有了它，我们就可以解除阻碍我们前行的任何障碍，引领我们走进梦寐以求的理想之门、智慧之门和成功之门。

在痛苦的土壤上开花

1963 年 3 月，英国牛津大学图书馆里，正在研读物理学书籍的霍金突然间感觉天眩地转，当他有意识地扶着旁边的一张桌子时，巨大的痛苦感压迫而来，他昏倒在衷爱的图书馆里。

噩运传来，他得了罕见的卢伽雷氏症，肌肉萎缩，不得不被禁锢在轮椅上，浑身上下只有三根手指和眼球可以活动。

这简直是天大的打击，家人哭成一团，霍金一脸迷茫，当他得知从此将离开挚爱的科学研究时，他痛不欲声，不停地用手指敲打轮椅，椅子上出现了三个深坑，身体上的疼痛加上壮志未酬的折磨使得他奄奄一息。

接下来，他面临着各种各样的手术，在短短的十年时间里，他做了十来项身体器官方面的手术，但他的嘴还可以说话，他口述自己的思想，整理教材，教导自己的学生，写博士论文，他的博士学位正是在这期间获得的。

1985 年，他因肺炎做了穿气管手术，彻底丧失了说话的权利，从此，他活在一个无法表白的黑暗世界里。在他的日记里，他这样写道：暗无天日的生活才刚刚开始，医生告诉我活不过三年，趁还有时间，我要好好活着。

在这样的环境里，他用眼睛阅读了大量的书籍，他研究了黑洞理论、引力、量子力学和统计力学，期间发表了一系列影响世界的学术理论，许多理论是划时代的，绝无仅有的。

1988年，他出版了《时间简史》，至今已经销售了2500万册，成为全球最畅销的科普书籍之一，同时他超越了医生提出的死亡线，他的目标直指更远的前方。

2004 年，他改正了原来自己提出的"黑洞悖论"观点，敢于承认自己原来理论上的错误并予以更正。

2005 年，他在轮椅上开始自己的经典演讲，每说一个字，几乎花费一分钟左右的时间，每一次演讲会下来，他都身心俱疲。五个多小时的演讲堪称字字珠玑，听他的演讲一票难求，电视台进行了现场直播，许多人揪着自己的心，认真地做着笔记。那一刻，全世界的呼吸全都停止了，一个行将朽木的弱者在讲述一个强大的宇宙。

在这样艰苦卓绝的环境里，霍金获得一系列殊荣：

1980 年，获得英国爵士称号；

1982 年，获得物理学界最有影响的大奖——爱因斯坦奖；

1988 年，获得当年的诺贝尔物理学奖；

2009 年，获得美国自由勋章，美国总统奥巴马亲自颁奖，并称赞霍金是自己见过的最伟大的强者。

霍金十分向往中国。2006 年，他的希望终于成行。6 月，霍金在众星捧月中，在人民大会堂进行了一场生动、别天生面的演讲，当他的病体被推到主席台上时，全场爆发出雷鸣般的掌声，霍金称赞中国人民的掌声最为亲切，在这儿，他有一种回到家里的幸福感。

霍金的魅力不仅在于他是一个充满传奇色彩的物理天才，也因为他是一个令人折服的生活强者。他不断求索的科学精神和勇敢顽强的人格力量深深地吸引了每一个人。

他被世人誉为在世的、最伟大的科学家，另一个爱因斯坦，不折不扣的生活强者，敢于向命运挑战的宇宙之王。

在深不可测的地狱深处，到处都是痛苦与磨难，一粒天堂花的种子偶然飘到了这儿，它挣扎着、试探着搜寻养分与水分，想在地狱里伸展出绝世之花，黑暗使者却大笑起来：这儿没有水，只有血和疼痛，在疼痛的土壤上，你也敢开花吗？天堂花没有理会使者的嚣张，它趁着使者休息的良机，拼命地生长，抽取血里的水分维护自己的营养，从使者的鼻息间找取仅存的氧气苟且偷生。终于有一天，使者睁开眼睛时，发现痛苦的土壤上竟然开出了一株硕大无朋的天堂花，使者想将花连根拔掉，花儿却笑道：我已经扎根在地狱里，你如何拔得掉。在痛苦的土壤里开出的花，更加坚强、更加深厚。

霍金，一株开在地狱里的天堂花，无时无刻不在印证着属于自己的生命传奇，经典且深刻，让人过目不忘，惊为天人，叹为观止。

贪婪的非洲蚁

一位生物学家长期跟踪一群非洲蚁，企图揭开他们自相残杀、突然爆死的秘密。

非洲蚁竞争残酷，个头大，劲头足。一群非洲蚁进攻一头大象的话，不消七日工夫，大象便可以被折磨至死。

但是这种场景据说发生在几亿年前，如今，非洲蚁变得孤单且自私，它们的思想里不再有合作的概念，更不会像亚洲蚁那样抱群过河，它们喜欢独来独往，这也许是进化的结果。

生物学家在一处矮木前，发现了一只非洲蚁的巢穴，趁着非洲蚁不在，生物学家如获至宝地搜寻秘密。

巢穴周围到处是食品，还有过冬的羽毛，在非洲蚁的来时路上，也铺满了羽毛，这可能是它长时间辛勤劳动的结果。

非洲蚁过冬时，会躺在铺满羽毛的草叶上睡觉，一大觉醒来时，已经是春光明媚，万物复苏了。

非洲蚁贪婪无比，为了食品大打出手，它们经常为了争夺食品发动战争，许多非洲蚁的肉体被土壤淹没成泥。

生物学家记录了一只非洲蚁搬运物品的过程，一大片羽毛，非洲蚁虎虎生风，一路驮来，无半点惧色，直至到达巢穴口时才发现，羽毛偏大，竟然无法收藏。于是，非洲蚁将羽毛放在一处不容易被生物发现的树洞里。那个树洞，是自己巢穴的另外一处出口，放在这个地方，会使自己十分安全。

半天工夫，几十张羽毛蜂拥而至，但非洲蚁乐此不疲，不厌其烦地劳作着，它们现在是世界最辛勤的生物。

一天的时光就这样过去了，一场大雨滂沱而至，也许是跑出了非洲蚁的测控范围之外，半夜里正在睡觉的非洲蚁仓皇出逃，因为雨水已经沿着巢穴门口的物品冲了进来。物品聚了水，水淌入巢穴里，非洲蚁与自己的孩子们准备沿着退路出逃，却没有成功，太多的羽毛湿了水后凝结成污泥，堵塞了它们的退路。雨停后，生物学家发现了奄奄一息的非洲蚁，而在另外一边，它们的食品早已经被另外一群非洲蚁肆虐得一干二净。

非洲蚁的过度贪婪造就了一条通往地狱的道路，而有些人不也如此吗？

　　在其位不谋其政，谋财夺命，阴谋阳谋一块来，钱塞了一屋子，堵住了进时路、出去的路、亲戚的路、朋友的路。凡是与自己有关联的地方，都藏满了贪婪得到的食品，到头来，命运如同非洲蚁一样，毫无退路。